针战

美国首部中医法的诞生

王冠一 著　徐子轩 绘图

中国科学技术出版社
·北京·

图书在版编目（CIP）数据

针战：美国首部中医法的诞生 / 王冠一著；徐子轩绘图 . — 北京：中国科学技术出版社，2024.9
ISBN 978-7-5236-0449-6

Ⅰ.①针… Ⅱ.①王… ②徐… Ⅲ.①传记文学—作品集—中国—当代 Ⅳ.① I25

中国国家版本馆 CIP 数据核字 (2024) 第 040538 号

策划编辑	韩　翔　于　雷
责任编辑	于　雷
文字编辑	靳　羽
装帧设计	佳木水轩
责任印制	徐　飞

出　　版	中国科学技术出版社
发　　行	中国科学技术出版社有限公司
地　　址	北京市海淀区中关村南大街 16 号
邮　　编	100081
发行电话	010-62173865
传　　真	010-62179148
网　　址	http://www.cspbooks.com.cn

开　　本	889mm×1194mm　1/32
字　　数	920 千字
印　　张	6
版　　次	2024 年 9 月第 1 版
印　　次	2024 年 9 月第 1 次印刷
印　　刷	北京盛通印刷股份有限公司
书　　号	ISBN 978-7-5236-0449-6/I·85
定　　价	58.00 元

（凡购买本社图书，如有缺页、倒页、脱页者，本社销售中心负责调换）

内容提要

美国医学会面对陌生的中国医学，从开始的全面封锁，到最终为之折服，并于 1973 年颁布了美国第一部中医法，这是美国医学史上的"奇迹"。作者查阅、收集了大量文献资料，用一个个或机敏、或奸猾、或卑劣、或伟大的鲜活人物故事生动演绎了那段"针灸针"与"柳叶刀"从冲突到交融的历史，带读者见证 50 年前来自中国针灸医生与美国本土名流联手推动的这场中医立法之战。

序

医疗于现代社会并不能仅以"治病"而论，它关系到文明形态、政治倾向、权利分配。在早期的美国，西风势要压倒东风。残酷的较量，让美国中医几度面临生死存亡。王冠一先生的《针战》，结合不同时期的时事报道，以小说的笔触叙事，向我们呈现了从个体故事看东西两个文明之间博弈的史诗，上个世纪的医疗之争在他的笔下呼啸而来！

书中提到的辛育龄教授是我的老领导，老先生非常虚心，常向我咨询针灸专业问题。我在人民卫生出版社出版的著作《筋柔百病消》中写道："1972年美国总统尼克松等人访华，参观了我国著名胸外科专家辛育龄教授所做的开胸手术，当时用的是针刺麻醉。我请教辛育龄教授之后得知，当时的针刺麻醉是由傅忠立先生完成的，傅先生后来曾担任中日友好医院针灸科的第一任科主任多年，也是我的老领导和针灸启蒙老师。因为患者是在清醒状态下接受开胸手术，参观者可与其谈话交流，这使尼克松等参观者大为震惊，从此掀起了全球性的针灸热，并一直延续至今。"

　　自参加工作以来，我一面诊病察脉体悟针道，一面近水楼台向辛育龄教授这样的西医大家学习。经过近四十年的实践总结、对《黄帝内经》的研究，以及我几十年的内功修炼，我的针灸临床有了中医的"神"，也有了西医的"形"，治疗效果得到广大患者的认可。由此，我倡立"大成针道"，培养了一批针刺技术过硬的职业医师。

　　在临床和教学的过程中，我切实感受到了当下医学、医疗的困境。特别是当东西方文化见面时，那种差异会引起冲突，甚至变成利益的对抗。现如今，医生面对的不仅仅是患者，医学研究的也不单单是疾病。除了医疗技术，我们还需要通过法律、经济、社会活动等手段，保障、提升为人民服务的能力。

　　毛主席说过："祝针灸万岁！"愿针灸造福人类。

　　是为推荐序。

胥荣东
于来雨轩

一个人，又一个人

美国佛罗里达州的"中医事件陈列柜"内摆放着许多悲剧。2007年，在该州一项法案复审时，中医学会因为经验不足，没有请政治说客。于是整个会议期间竟无一人站出来为中医说话，直接导致针灸医生被降级，即被要求必须出示西医开具的处方才能治疗患者。

而在这之前，中医是不用看西医处方行事的。

时至2012年，又一件大事，与医疗保险有关。这回佛罗里达州中医学会学乖了，毫不犹豫地找到说客，学会与说客做足了功夫，州长却又提出了新问题。

佛罗里达州的州长为了使民营医院获利，无端指责该州车祸保险费用增加是针灸治疗造成的。至此，"针灸"作为替罪羊，从车祸保险付费名单中被一笔抹去。

海外的中医命途多舛，有时我竟不忍落笔。在完成本书的过程中，我尽量让自己不过分掺杂个人情感。只将搜集来的资料和历史记录拼贴，缝成故事。然而，

"理性"的文字下，总难掩愤懑与激昂。

尽管21世纪以来，中医在美国的境况有所改善，很多方面进展喜人，但并不代表没有困难。困难始终存在，只是花样各有不同。

任何文明要在异文化圈谋求认可和尊重，都比登顶珠穆朗玛峰还要艰难。中医置身西方也是如此，经历如浪，起起落落。

这里的喜忧与西方文明的进程有关。

人类的命运本来就是一个共同体。意识偏差纵然有，相互抗衡无非是集体的暂时性迷茫。西方对话中医的过程长达几个世纪，着实很漫长。

其间，无数医者如农民一般在西方拓地垦荒。写作之初，我就确定了以不同个人为圆心，通过故事中一个又一个人的交集来呈现美国首部中医法案立法成功的前因后果，借以展示中医在美国发展的大背景。

然而，那些为立法苦心经营的当事人信息着实少之又少。

随着我的探索逐渐深入，尤如寻觅山的时候，山亦有所知晓，那些信息竟向我主动靠近。陆易公、洪伯荣、李耀武、詹姆斯·赖斯顿（James Reston）、亚瑟·斯坦伯格（Arthur Steinberg）、丁景源、田小明、马里恩·贝内特（Marion Bennett）、利玛窦（Matteo Ricci）、乔治·苏里耶·德·莫朗（George Soulié de Morant）……这些名字如走马灯一样从我眼前闪过。在无数的深夜，我忧愁着他们的忧愁，欢喜着他们的欢喜，仿佛经历了他们的一生。

  他们来自不同地方，有着不同的肤色，甚至坚守着不同的人生信念。但他们却选择投身于中医的洪流，替中医发声，为中医在美国立足做出自己的贡献。我希望他们的名字如星宿，无论在哪个时代都能闪耀璀璨的光芒。

  中医的万里征途，正是在一个又一个微小而磅礴的故事中起笔、收尾、再启程。你认识他们吗？

王冠一
于北京

目 录

封锁
美国中医的至暗时刻　　／002
龙蛇较量之一　　／019

潜入
漂洋过海去远方　　／040
隐入尘烟的针灸　　／055

会晤
针灸局中局　　／070
尼克松访华与神乎其技的针灸　　／098

决胜
龙蛇较量之二　　／108
我们的胜利志　　／120

前路

纽约州，从至暗时刻到有法可依　　/ 138

21 世纪，中医的全新旅途　　/ 146

得克萨斯州，"针"锋对决　　/ 159

他们去美国学中医　　/ 166

参考文献　/ 173

后记　身居高地，南北东西皆是道路　　/ 176

Block

封锁

美国中医的至暗时刻

洪伯荣

洪伯荣没想到一次稀松平常的出诊,竟会成为他行医生涯中少有的动魄惊心。

1972年,纽约曼哈顿上东区。这片集结全美精英阶层的梦幻之地,并不平静。刺耳的警笛声响彻街区,警察、美国联邦调查局(FBI)、便衣侦探牢牢守住"纽约针灸治疗中心"的大门。别说中心工作人员,连一只苍蝇都无法进出。除非已经登记入册,领取过厚厚的法院传票。

四面楚歌。护士催促洪伯荣脱掉象征医生身份的白大褂,赶紧"逃离"中心。不明就里的他,习惯性地往电梯方向走,却又一次被护士拦住。护士道:那边堵住了,你从后面楼梯下去。

诊所后的楼梯相对隐秘,不容易被发现。楼梯出口连接隔壁药房,正好能避开耳目。洪伯荣一路小跑,侥幸未被发现。他冲出封锁,这才看到外面兴师动众的纽约执法铁骑们,便立即给同事打电话,这才了解到事态的缘由——法院强制关闭"纽约针灸治疗中心"。

洪伯荣是这次抓捕行动中的"幸免者"。唯一的"幸免者"虽然他没有被迫接受法院传票,不必对簿公堂,但工作没了。更为棘手的是,他的身份一夜间发生转变,由"大医生"跌落至非法行医的"黑户"。中医针灸也于纽约州沦为忌讳。

将来该何去何从?

境遇往往无常而隐秘,人却生来坚韧,不惧在风浪里跋涉。移民美国之前,洪伯荣像个航海家,他从中国台湾出发,到过中国香港、新加坡、马来西亚和日本,只为考察每个国家和地区的世情民风,筹谋中医针灸发展的新版图。

1970年,他远渡巴西、美国、加拿大。次年初,落锚美国(当时中国大陆尚未全面开放)。他的想法很现实,针灸只有在全世界最发达的地方生根,才可能

被世界人民所认识和理解，中医文明才可能传播深远。

背井离乡，人会变得越发强悍。洪伯荣的整个青年时代，都在选择和漂泊中度过。

他不怕重新做选择。美利坚合众国由50个州和1个直辖特区构成，即使纽约州和中医翻了脸，他还有很多地方可去。

不幸的是，其他州亦"烽火连三月"，正大规模地取缔针灸医生、抓捕从业者……对于在美国谋生的中医，那是一段至暗时刻。

洪伯荣发现华盛顿特区的政治气候相对宽松，该区的医疗委员会直接由议员助理等负责管理，总体风气自由开明。他毫不犹豫，动身去了华盛顿。

洪伯荣如雷达般精准定位，在华盛顿抓住了重启事业的机会，但纽约州的劫变深深触动了他。中医历史悠远，他始终坚持自己的信仰，中医的起点是"个人"，每个人的身体和灵魂与自然映照，有着属于个人的标准答案。针灸、脉诊、草药……基于这个完整理论而成立，深耕存续，且有效。

中医学完全符合现代科学定义，只是治病过程中医生的经验实在无法量化，西方实验室也捕捉不到普适性数据，于是西医界拿住了口实，官方野蛮封杀。

但人类渴望疗愈疾病的心情总是相通的，从纽约外赶来的患者源源不断，"纽约针灸治疗中心"永远排不完的预约队伍即为力证。

相较于春风得意，逆境也许是一份化了烟熏妆的礼物，它给予人们清醒。中医如何在全世界最发达的美国立足和持续发展，升级为洪伯荣毕生的课题。

身在华盛顿特区的他，肩膀上平添使命，不可不为之的使命。

至于他组织"被取缔"的医生游行，推动纽约州等地中医立法，荣获"世界针联终身名誉主席"头衔……那是后话了。

李耀武

确切地说，1971年7月26日，记者詹姆斯·赖斯顿在《纽约时报》发表文章《现在，让我告诉你们我在北京的阑尾炎手术》(*Now, Let Me Tell You About My Appendectomy in Peking*)。之后，美国民众与中医针灸如同开始了一场"双向奔赴"的热恋。那时，随意翻开《纽约时报》《生活》《新闻周刊》……甚至《时尚》杂志，都可能看到"针灸"二字。

古老的针灸，俨然冲上了美国民众的关注榜，当局为何不顾民众热忱，痛下"杀手"？我们必须回到"纽约针灸治疗中心"事件现场，探究症结所在。

针灸中心真正意义上的关门，是在事件当天下午的5时许。那个黄昏，大概没有谁会比李耀武医生更加无措与彷徨。这位移民到美国的中年人，时年39岁，曾经意气风发，他与西医本森（Arnold Benson）、开发商纽马克（Charles Newmark）一拍即合，决定在纽约开设针灸诊所。

1972年5月，李耀武向纽约市医疗管理委员会（New York Board of Medicine）提交了成立诊所的书面申请。报告却如泥牛入海，杳无音讯。他后来才深谙其中原委。

针灸临床效果好，经济实惠，加上媒体的推波助澜，于美国医疗市场似一匹黑马，跑进平民的生活草原，斩获大批真爱粉。但从法律意义上说，中医尚未被官方承认，纽约州没有中医法案，更无"针灸医生"执业资质。

设立医疗性质的中医诊所，在当时尚不合法。

只怪一切发酵得太过迅猛，在美国当局的"规则"抵达该行业之前，针灸先"火"了起来。可当时中医从业者对美国医疗行业的运作模式十分陌生，他们忽视了法律及迟早要降临的行业规则，仿佛走钢索的人，每一程，皆是步履维艰。

不久，李耀武再次提交报告。他特地说明诊所由持西医执照的本森开办，自己和聘请的中医只负责操作针灸。这套曲折说辞等于自降身份，针灸医生好比是西医诊所里只按药方打针的小护士，不负责诊断。

他想：这回总该没问题了吧！

1972年7月12日，"纽约针灸治疗中心"启幕营业。它算得上美国首个正式的针灸诊所。口碑传千里，患者蜂拥而来。

任何事物没壮大至令人瞠目结舌的地步，或者利益尚未触及既得利益者，当局的反应都是迟钝的。谁会在乎唐人街的阴暗房间里，手捏长针的华裔老者呢？

岂料，李耀武的诊所掀起了大浪。

根据美国医学人类学家琳达·巴恩斯（Linda L.Barnes）统计，仅一周，该中心接待的患者就超过了300人。预约名单上还有3000多个眼巴巴等候的患者。而西医界关注的焦点是：所有患者均自掏腰包治病，治疗中心每天收入万余美元，令人咂舌。

为什么西医界紧盯着"自掏腰包"不放？我们先来简单了解下美国的医疗保险体制。不同于英国公费医疗模式，也不同于法国、德国社会医保模式，美国的医保体系像一个既不完美又似乎很负责任的矛盾设计。

美国政府只向弱势群体提供必要保障，其余全权交给市场。个人或公司、企业等需购买市场上的各类保险，抵御现实不测，守护自己的生活。当然，随着时间推移，政府的保险辐射范围逐渐在扩大，纳入公共保险的项目亦持续增多。

在针灸治疗尚未纳入医保的情况下（后来被纳入保险），慕名而来的患者多如过江之鲫，整个行业收入丰厚，针灸再没办法继续默默无闻了。

树大招风。它招了美国医学会的风。

美国医学会（AMA），乃最权威和最具影响力的非政府组织之一，在全美皆设有分会。AMA权大威重，关于医药、健康方面的决策进行或通过，政府都逾越不过它。很不幸，它为美国传统西医界的利益代言。

AMA血脉里流淌着类似"技术医疗模式"的基因。首先，技术医疗模式根植于现代生物医学。其次，技术医疗模式导向经济利润。如今,消费者纷纷选定针灸治病,让西医医疗机构、制药公司情何以堪?

医疗本来也是一门生意。当时的纽约州州长纳尔逊·洛克菲勒(Nelson Aldrich Rockefeller),手中就持有大量制药公司的股份。针灸分了利益集团的蛋糕,权贵们自然不会善罢甘休。

历史从没有"绝对",当事人各自立场而已。

"父权式统治"使AMA的运作方式极为刻板,在对待"非正统医学流派"时,如同敌我矛盾。中医横空出世,大有不可挡之势,他们只好进行阶级斗争。

AMA玩起连环套,向纽约医疗管理和执法部门施压,要求把针灸归入医学治疗范畴,那针灸"消费者"自然成为"患者"。

由此,未获得专业执照的所谓医生,他们扎针灸的行为就属于"非法行医"。既然触犯了法律,就只能接受制裁。AMA打了一手权谋好牌。

李耀武像躺在砧板上的鱼。很快,他接到纽约市医疗管理委员会的停诊令,理由是:针灸属于医疗项目范畴,除持有执业牌照的西医外,谁都不可以使用!

齐鲁汉子李耀武,在事业面前有着滚烫的心。他想出了一个折中的办法应付委员会——让西医来针灸,中医在旁边指导。这是那个特殊时期,美国众多针灸诊所为规避政策刁难的荒唐景象。

对此,有些针灸医生抱怨:我教会了无数西医如何针灸,到头来法律却要求我必须在学生的指导下针灸。就连李耀武的合伙人本森也发出质疑:拥有30年针灸经验的医生不能亲自治疗,对针灸一无所知的执业西医反倒可以,毫无道理!

"道理"终究被医学会拿捏。中医在美国,相当于在别人地盘要自己的强。对方打来一招我方应付一式,显然无法彻底驱散危机。李耀武接到第二道命令,称"针灸"作为医疗项目,只能在西医医学院或教学医院内使用。

医疗管理委员会正式宣布,纽约州民间诊所不可单独染指针灸。

这时的李耀武还想挣扎一下。他马上想到了合作,遂迅速联系当地医院,却等来"霸王回复":医院享有控制针灸中心经营和经济收入的权利。如果他答应了,诊所到底是谁的了呢?

其后,医疗管理委员会没有给李耀武再反抗的机会，第三道"催命符"连风带雨而至：针灸必须在医学院和已批准的研究项目中使用……

诊所最后一线希望破灭，李耀武绝望了。

他与纽约医疗管理委员会抗争90余天。是年11月，在众多执法人员的注视下，李耀武重重地关上了"纽约针灸治疗中心"的大门。

AMA重击美国针灸行业，如李耀武这般华裔中医一筹莫展，甚至除了自省自责，也挑拣不出对方的错来。西医界明面上也是为民众安全着想，践行了诚实的怀疑态度，而中医恰好不在他们的惯有逻辑范围内。

不得不承认，于"三不管"时期，美国中医存在"非法"行医，私下授艺的情况。很多人趁"针灸热"风潮，大肆敛财。据说，有些华人昨天还在饭店当后厨，转眼间就变成了针灸世家……

法律重拳出击，李耀武竹篮打水。好在峰回路转，他接到华盛顿特区医疗管理委员会的邀请。后来，宾州大道相邻的交汇路口，出现了一家针灸中心——华盛顿针灸治疗中心，是李耀武的新事业。

一番波折，让他明白针灸在美国被制裁，不等于中医违背科学，治不好病。相反，正是因为它治病效果显著，美国民众才趋之若鹜。

华盛顿特区的适时邀请，打了 AMA 的脸。严格来说，"华盛顿针灸治疗中心"是美国首个注册在案、合规合法的中医诊所。值得历史留笔。

可全美针灸医生不可能都搬去华盛顿，针灸诊所也不能悉数迁往华盛顿。其他州"李耀武式"的遭遇，是普遍的。"李耀武们"转向环境宽松的地区落户，不过是权宜之计。关键是，各州法律要承认和保护他们的行医行为。

否则，美国便是中医的地狱。

路易斯·刘

路易斯·刘（Louis Lau）眉头紧锁，这个在外人看来略显神秘的东方面孔，此刻阴云密布。哈克尼斯（Harkness）教会医院下逐客令，要求他必须离开。除了气愤，路易斯·刘不知道还能做些什么。以至于在参加电台节目时，他声音嘶哑，不停抱怨：我真的很震惊，事情非常糟糕！

糟糕的事远不止如此，他还收到了当局通知，如果想继续行医，就得从伯克利搬走，到其他州去。在路易斯·刘看来，这属于古代流放式的驱逐了。而且，流放的理由过于牵强：管理部门不喜欢太多人打电话，要求政府继续让他开展针灸治疗。

"管理部门""不喜欢""太多人""针灸治疗"，这些语言背后充满傲慢。这似乎是一个不构成理由的理由，只为打发他走人。

中医这项工作并非交接结束后就能拍拍屁股离开。大批患者的疗程未结束，路易斯·刘思量再三，他决定尽量守信，先完成所有治疗再说。

中医的碑文上向来印刻"医术"和"德行"两字。他是中医的门徒，传统不能丢。于是他只好把自己家改成了临时诊所。

路易斯·刘的房子坐落于伯克利市某大学南部，环境清幽，一条石阶直通往车库门前。当下，车库连同一楼塞满了病床，数不清的椅子散落四周。患者或躺或坐，路易斯·刘像餐厅侍应，穿梭于患者之间，不停地询问情况，施针、拔针。

诊所B计划解决了患者的疗程问题，却没有让路易斯·刘的情绪好起来。他更在乎的是已被剥夺的针灸病理研究项目。为此，他曾付出大量时间和精力。在当地开展免费中医讲座，积极参与和组织研讨会……面对热爱,人可以无私。

最开始,他的导师哈克尼斯教会医院病理系主任阿尔弗雷德·斯考托利尼(Alfred Scottolini)很认可他。路易斯·刘胸口温热,他相信小小针尖必将"刺开"西医学术另一维空间。

没想到的是,斯考托利尼变卦了,称路易斯·刘作为病理学家的表现微不足道。

我们无法体会,坐在客厅喝着绿茶的路易斯·刘,脑海忽然闪现导师的评语时作何感受。梦想,难道是用来失去的吗?

也许梦想会陨落,但谁都不是真理的绝对持有者。

真理无法拥有,只能无限趋近。路易斯·刘从未放弃接近中医真理的可能性。这时,一个机会正向他奔来。

鲍勃·巴尔默(Bob Balmer)为治好背痛,不惜千里迢迢,从内华达州首府卡森城慕名而来。路易斯·刘把他当作普通患者看待,经由诊断,制订治疗方案。针灸的效果让当事人以为自己已经"死了"。

因为鲍勃·巴尔默觉得只有死亡才能让他的身体停止疼痛。他几乎是被抬进诊所的,却站着走了出去。

回到卡森城，巴尔默摇身变为针灸公益宣传员，迫不及待地向好友鲍勃·诺顿（Bob Norton）分享奇迹。

诺顿也是个老病号。自从攀岩摔伤后，疼痛像蟒蛇一样紧紧缠绕着他，使他深受折磨。几年间他没少跑医院，成效甚微，每当疼痛发作时，他只能靠忍。两个好兄弟边吃比萨边商量着，与其到伯克利去，不如邀请路易·刘过来度周末，顺便给自己治个病。患者也不止他们两个人，有很多朋友也需要针灸。

路易斯·刘欣然同意。如果搬离伯克利已成既定事实，内华达州是个不错的选择。那里人口不到50万，政府曾对某些行业的态度十分宽容，比如博彩业。或许大片荒漠的内华达州会是自己从事针灸病理研究的肥沃土地。

消息呈指数级扩散，巴尔默和诺顿明明只告诉了6位好友，而当路易斯·刘到来时，他的家如同沙丁鱼罐头，硬生生塞进37位患者。第二个周末更加离谱，足有102位患者等候在家门前。诺顿一生也没接待过这么多客人。

中医现场从不缺席"异见分子"[①]。诺顿的邻居投

---

① 异见分子：指对中医或针灸抱有偏见、不支持的人。

诉路易斯·刘，指控他在没有执照的情况下经营针灸生意。这是致命的。

尽管那不是什么生意。尽管发起投诉的女士受某些势力指使而为之，但投诉毕竟生效，相关部门跟进处理。倘若路易斯·刘再使用针灸治病，会有接受庭审的可能。

一切都源于巴尔默和诺顿的邀请。两个人内心不安，觉得对不起自己的救命恩人。他们多方打听，为路易斯·刘重新挑选了一个地方——太浩天堂（Tahoe Paradise）。

太浩湖地区在内华达州和加州交界，位置相对偏僻，不比卡森城扎眼。在那里开诊所不会引起注意，说不定还能延续他执念的病理研究。

路易斯·刘与同时代的针灸医生命运相仿，如一部迁移史。他们为规避"非法"，跳棋般四处寻找安身之处。于是，他离开了内华达州。

满眼凄凉，他并不确定自己在太浩湖畔能待多久。几乎每个针灸医生都无法确定自己还能在某地待多久。他们像手拿针刀的流浪者。

AMA控制了局面，堪萨斯州明确针灸违法，而明尼苏达州、密歇根州、佛罗里达州、得克萨斯州和印第安纳州也相继颁布法令，只有执业医生才能开展针灸治疗。

中医自身并不被当地法律认可，也没有正式学会，从业者根本无法获取执业资格。于是，现实中形成了一个不得不"非法行医"的闭环。AMA在环外筑起高墙，对于医学会，高墙的作用是限制；对于中医，高墙是用来冲破的。

身在太浩天堂的路易斯·刘有所不知，当他踏进卡森城之时，一场权力游戏角逐正酣。剧情围绕着中医立法展开，媒体称之为"龙蛇大战"。

龙蛇较量之一

亚瑟·斯坦伯格

美国医学会以"蛇"为标志,而在西方人眼里能代表中国的,毋庸置疑是"龙"。后来,媒体将这场中医争取立法权的斗争,定名"龙蛇大战",虽有博眼球嫌疑,却也并不为过。

东西方医学的冲撞,早在17世纪已然上演,只是到了20世纪70年代,已从意识领域的文化之辩升级至现实的法律之夺。沙漠再宽广,森林也有其意义。中医有它的系统理论和逻辑自洽,AMA视而不见,竟与地方势力合谋围追堵截。高压之下,从业者反而更加紧紧地握住属于自己文化的根。

要生存,要在美国生存,获得法律认可,同时不遗失本真，是中医唯一的出路。四散天涯的中医们，毅然吹起集结号。

在成全这场战争的人物谱系之中，有位叫亚瑟·斯坦伯格的律师，他双眉浓密，鼻梁格外高耸，是年65岁。

这位定居于拉斯维加斯的美国老人，为何要替中医发声？我们且以一组数据，慢慢描摹斯坦伯格的轮廓。

美国经济加速度奔跑，发生在20世纪60年代。最初的4个年头，美国国民生产总值的增加值比德国全年的生产总值还要高。那时的美国诞生了近90 000个百万富翁，并以每年5000人的速度持续增长。

可是后退10年，经济发展远没有如此热烈。50年代初，美国的百万富翁仅27 000。亚瑟·斯坦伯格即这1/27 000，是名副其实的富人阶层。

斯坦伯格并非含着金汤匙出生的幸运儿，他的成功，全凭自己。早年（20世纪40年代）的斯坦伯格，可谓一名斜杠青年，身兼数职，边为鞋类零售商联盟服务，边做房地产生意。依托地产业，斯坦伯格平步青云。后来，由于要处理一桩房地产诉讼官司，他成了空中飞人，往返于纽约和拉斯维加斯之间。

疲于奔波，使斯坦伯格萌生搬家的想法，将全家搬至内华达州，既方便又节省时间。他还顺道买下拉斯维加斯铸币局的地皮，那可是之后市中心最大赌场的所在位置。

非经济风口时代，也能起飞，可见本职为律师的亚瑟·斯坦伯格敏锐、聪慧，是个实干派。

律师行业在美国的地位很高。行业与人，像箭和靶心，很难分清究竟是箭主动射向靶心，还是靶心召唤了箭。斯坦伯格乃性情中人，灵魂里带着为公平辩护的正气，恰中行业靶心。

但他为了做中国医学要与 AMA 作对，从理智到情感上，都亟须一个理由。1972 年，理由出现了。

1972 年夏，斯坦伯格远渡重洋，来到魂牵梦绕的香港度假。他似乎和东方有着不解之缘，妻子比亚（Bia）便是华人，供职于政界。

这次香港之旅的目的并不纯粹，给比亚治疗偏头痛的任务大过游山玩水。偏头痛在西医找不到根治的办法。医生的话比亚几乎能默诵下来，无非是"你太紧张了，要注意休息"。倘若休息能治好病，还要医院做什么？

他们听说过香港针灸大师陆易公的名头。病笃乱投医，夫妇俩决定一试。

针灸、按摩，在华人生活圈司空见惯，在西方人眼里却是件新鲜事，如功夫般充满神秘。几根银针，在称之为腧穴的地方刺入，旋捻，拔出……就能治病？

斯坦伯格眼前一亮，他像古早"up主"，手持摄像机，跟随陆易公将治疗过程记录下来。经过几次治疗，困扰比亚多年的顽疾居然痊愈了。

要不是真真切切地发生在妻子身上，斯坦伯格大抵无法承认是针灸的功劳。这超出了他的认知，也超出了西医的逻辑思维。陆易公立刻在斯坦伯格心目中封神。那时起，他认定针灸是个好东西，不仅对自己的妻子，对美国，对整个世界都是。

8月底，夫妻俩启程回国。万米高空，斯坦伯格突发奇想：我要向更多的人，特别是向西医展示我在香港的见闻。

换句话说，他要大力推广中医。

相较于丈夫，身为华人的比亚对跨文化传播分外敏感，她旋即泼了冷水：你不要指望西医会多么感兴趣。斯坦伯格哪里听得进劝告，一门心思构想美好画面，继续兜售着他的想法：医生就是我最先要展示的人群。

对中医的热情让斯坦伯格精力旺盛，只要专业医生接受了针灸，其他人也会自然而然地认同。美国民众将享受针灸实惠。

结果大约可以用"幻灭"来形容。西医们很不在乎他那150分钟的针灸纪录片，甚至流露出轻蔑的态度。与他交好的医生友情相告：别再浪费时间了。

医学是没有边界的，医生却有。斯坦伯格失望了，失望得理所当然。

于前述"美国中医的至暗时刻"一节，我们粗略分析过针灸无法得到美国西医界认同的几项原因。其实，单从医学角度讲，西医的随机临床试验和中医启发式模型本是两类体系，不能兼容，可惜世人习惯以己量他。逾越观念很难，逾越自以为是的观念难上加难，不然何来烈火中的布鲁诺。

挫折不期而至，有人选择逃避，有人逆流而上。斯坦伯格属于后者。

失望不代表放弃。他说：民众的力量比任何力量都大，我只需要把他们组织起来就可以了。

当时全美中医诊所和针灸医生像残风落叶，政府把中医列为"非法"，漫天都是坏消息。这一现状斯坦伯格不会不清楚。但律师人格占据他生命的主位，他非要和 AMA 杠上一杠。他有自己的独特见解：强大的法律和秩序，往往阻碍民众拥有福利的权利。中医针灸，绝对是民众的福利。

中医针灸合法化，斯坦伯格势在必行。

美国是联邦制国家，联邦政府有统一的法律法规，各州也有自己的宪法、法律和政府机构。斯坦伯格熟悉各州之间法律的参差难易，深思熟虑后，他选择在自己居住的内华达州促成中医立法。

内华达州坐落于美国西部，盛产"牛仔"。牛仔般彪悍的城市个性，赋予该州参众两院只关注本州司法独立性和权威性的风气。党派之间成见不深，受医学会影响也不大。

再没有比内华达州更适合提出中医法案的地方了。想到这，斯坦伯格信心暴增。再说，他还有人脉。

斯坦伯格光速聘请五月广告公司（May Advertising Agency），负责中医法案的游说工作。那是全美最好的游说公司。

政治游说在美国并不稀奇，更非贬义。它是各个利益集团为实现自己的利益，向议员陈述建议主张，从而影响立法或行政机构的方式。它源自于美国建国先父们的苦心，他们充分考虑人性之恶，为杜绝未来金钱对权利的干预，将首都从金融中心迁移至当时尚为一片菏泽的华盛顿。

无心插柳，这一举动催生出游说产业。政治说客受雇于名利，往返两地。

眼下，留给斯坦伯格和五月广告公司的时间不多了。内华达州议会隔年举行，而距离下次议会召开，即1973年1月15日，只剩4个月。

说服当地行医委员会、获得参众两院投票通过、拿到州长在法案上签字……中医立法俨然一个大项目，所有筹备均要在这4个月内完工。

办大事，先造势。广告公司先把陆易公的针灸纪录片缩剪成30分钟，让地方电视台轮番播放，搞信息"轰炸"。斯坦伯格也不闲着，回到拉斯维加斯后，积极组织中医立法宣传，他恨不能分身无数，在乡村俱乐部、赌场、公共图书馆进行公开演讲，拉动民众支持法案。

斯坦伯格比较乐观，他觉得内华达州医疗机构应该能认同，并助力他所做的事。他和广告公司制订的策略是，与医疗机构合作，通过法案。

卡森城风急露重，冬天的尾巴仿佛很长很长。壁炉前，斯坦伯格不由想起了陆易公先生。如果陆教授能举办一场针灸闭门演示，一定比他们口干舌燥的演讲更有说服力。他动了心思。

美国首部中医法案诞生的故事进行到这里，出现了细节偏差。往事绵远，我们找不出甄别的旁证，只好将两方面资料附于纸上，提供不同时空的真实。下面姑且命名为"斯坦伯格主动假说"。

陆易公前往内华达州卡森城，是斯坦伯格主动邀请的。

人快到了，可是举办公开针灸演示需要的官方许可证还未拿到。按照惯性思维，获得医疗相关的特别许可证，自然要向当地行医管理委员会提出申请。

斯坦伯格和五月广告公司总裁鲍勃·布朗（Bob Brown）正忙于筹划演示会，并没把精力放在以为唾手可得的许可证上。噩耗降临，委员会全票反对，他们不允许陆易公演示针灸。委员会的律师说："We are not going to license your Chinaman（我们不会给你的中国人颁发执照）!"

此话羞辱性极强，对斯坦伯格和布朗打击亦更大。内华达州行医管理委员会竟变得如此保守，斯坦伯格恍然，怪不得后来本州与医疗相关的立法政策不似以往开明。

蛮横行径，敲醒梦中人，他们不再抱有幻想。内华达州行医管理委员会不过是 AMA 的分身。斯坦伯格与布朗紧急商议，快速达成共识，他们不再卖任何委员会的面子，准备直接通过立法机构，使中医合法化。

直接立法，布朗不敢掉以轻心，他派出公司大将——首席政治说客詹姆斯·乔伊斯（James Joyce）出马，参与此案。乔伊斯也不含糊，立即驻扎议会，在议会召开立法会时，他滔滔不绝谈论着针灸、草药和中医关于"气"的理论。见缝插针，他向委员们渗透内华达州中医法案。

立法委员听后的反应令人出乎意料，他们像看傻子般忍俊不禁。叱咤风云的乔伊斯，遭遇过的为数不多的狼狈都来自这次中医立法的游说。看来，直接通过立法机构让中医合法化这条路亦不好走。但是他们还没有失败，困境有时候也能提供另一种方案。

乔伊斯灵感忽现，他意识到与其对牛弹琴，不如让立法委员们亲自见识一下针灸的厉害，或许能扭转乾坤，改变他们陈旧的观念。由此，陆易公的公开演示进阶为卡森城立法委员专门举办的针灸治疗大会。

无论为谁举办针灸治疗大会，许可证仍然是问题。乔伊斯想到一个人，他的老朋友沃克（Lee Walker）。

沃克来头不小，是北拉斯维加斯民主党参议员及健康委员会主席。有政治头牌人物的背书，他的胜算更大。

至于如何说服沃克，乔伊斯自有撒手锏——陆易公。

原来，陆易公曾为沃克做过针灸治疗。虽然无从查阅沃克到底患了什么病，但从他痛快答应乔伊斯的情况看，针灸一定治好了他。

1973年3月12日，参议员沃克向内华达州参议院提出"允许针灸示范的紧急提案S.B 420"。提案内容很干脆，不仅推翻了内华达州行医管理委员会（简称"行医管委会"）之前的决议，还请求授予陆易公举办针灸演示的许可，为期两周。

大人物出手，果然不同凡响，参议院全票通过，众议院虽有2票反对，亦是压倒性通过。随后，州长迈克·奥卡拉汉（Mike O'Callaghan）签字，提案正式生效。沃克稍稍定了心，开始四处邀请立法委员和新闻界的朋友届时前来参观考察。

立法千里之行，总算迈出一步。斯坦伯格更加忙碌了，他借助电视媒体发表演讲，招募支持中医立法的志愿者。据统计，有17 000万名支持者应召"入伍"，其中包括很多立法委员。

民众聚集的意义在于，公权机构忽视的个体需求，被强制关注，并加以解决。据说那段时间，州长办公室的邮件和电话如同海啸，内容全部与中医合法化有关。民众摇旗呐喊，中医大有"破竹"之势。此时，对手也警觉了起来。

行医管委会不可能坐以待毙。立法委员中唯一的执业医生，共和党州众议员罗伯特·布罗德本特（Robert Broadbent）阴险地提出一项法案：允许针灸研究合法化，前提是要在州执业医生监督下进行。

曾扬言"中医是虚假医疗，跟足疗和催眠一样"的布罗德本特能安什么好心呢？他所谓的承认，附带着条件。承认"针灸研究"合法化，并非"行医"合法化。同时，如果该法案真的生效，针灸则必须在内华达州执业医生的监督下进行。

这分明是一个圈套，管委会于其他州亦挖下类似的陷阱。若按布罗德本特的意思，中医即被降级，变成西医的下游职业，彻底失去独立行医权。那么中医究竟算什么？以此推衍，中医医生将不再是真正的医生，而变成了西医下游的技术工种。

至暗时期的教训警示所有人：行业地位取决于权利界定，权利界定导向行业未来发展。中医是名副其实的可行性医学体系，这一点不容曲解、变更、含糊其辞。

布罗德本特的提案尚未通过，3月19日，陆易公已经就位，针灸公开演示拉开帷幕。

两周，陆易公要用什么东方秘术来撼动"龙蛇"死局，落笔一段光荣与梦想的浩荡历史？这桩悬疑，我们请他本人代为作答。

陆易公

1973年春天，内华达州首府卡森城，奥姆斯（Ormsby）大厦会议室里站着一位老人。他61岁高龄，神情迥然，面目慈柔中带着一种勇毅。

透过大厦的窗户，他能够望见矗立于对街的立法大楼。大楼内的议员们正为"恢复死刑""不允许自由堕胎"等法案争吵不休。

这位老人就是陆易公。

他自幼研习中医，尤擅针灸，是杏林圣手。相比陆易公的淡然，斯坦伯格和乔伊斯心情复杂，信心与隐忧参半。乔伊斯说：针灸公开演示，相当于为了证明西医有效，我们就把最好的外科医生派往香港，在某间旅馆进行心脏移植手术。

他们拭目以待。而陆易公则屏息凝神，等待会议室大门打开。大门打开了，患者入场。陆易公明白，这趟行程，自己会像一阵风，为美国的中医们带来春天的消息。而美国第一部中医法案之确立，资料偏差从这里分界。接下来，我们把时间往回拨，进入"陆易公主动假说"。

1973年1月，陆易公受邀飞往美国纽约。邀请单位乃纽约西医师公会，他计划于亚美利加纳宾馆（AME RICANA）会堂做公开演讲。

听众据说有1500人之多，清一色的西医。陆易公对美国中医的至暗时刻早有耳闻，他认为这会是打破中西医观念结界的好机会。

美国西医界对外来医学保持警惕，似乎没有不妥。问题在于某些人视中医为邪恶对手，疯狂排挤。制造对手，挑起论战，往往是医学背后权利和资本的勾当。

西医师公会举办公开讲座，意在相互了解，而非斗争。陆易公畅谈针灸学，现场气氛和谐。演讲顺利结束，伴随着轰鸣掌声和热烈的提问，还有纽约警方逮捕无照中医的新闻。

盛誉与警笛声飘荡在同一座城市，这是现代社会的荒谬。陆易公义愤，他陷入了深深的沉默。中医针灸经过几千年的临床试验，被证实安全且有效。如此肆意取缔针灸医生，对中医和美国民众皆不公平。

至少中医，可以成为民众治病的另一种选择。

黑云压城城欲摧，陆易公知晓内华达州于4月又将召开议会，为何不趁此良机，让中医合法落户——陆易公和斯坦伯格，究竟谁主动谋求中医立法？这是两份资料的主要矛盾。我们继续"陆易公主动假说"版本。

陆易公随即把立法的构想告诉了好友。好友们连连摇头表示怀疑，美国某州的法律怎么可能轻易立废呢？何况由一位香港旅客身份的中医来操作，搞不好要坐牢的。

牢底坐穿，该做的事也要去做。美国中医的惨剧不是一天内酿就的，危难关口，任何形式的袖手旁观都等于拥护对方，成其帮凶。当生存不能自主时，中医就必须奋身抗争，以获立法。斯坦伯格夫妇的模样，倏然闪现陆易公眼前。

那对夫妇对中医针灸着迷，他记得当时还拍摄了影片留念。如若他们肯相助，立法就能少走弯路，避免因不熟悉当地世情而产生的麻烦。

时间不等人。陆易公穿越茫茫戈壁，抵达卡森城。

有了斯坦伯格，陆易公如虎添翼，他们又与乔伊斯达成合作。3人小组开始了筚路蓝缕的立法创业，以启中医山林……

两份记录资料的另一处矛盾在于，究竟是谁征集了民众的签字。与斯坦伯格独自召集当地民众不同，陆易公的版本说，是3个人的功劳，他们日夜奔走，挨家挨户敲门游说，筹集到30 000余人支持。

立法议员们根本不相信数字的真实性，他们又连夜打印名单，请求支持者们签字证伪，最终获得15 000份签字名单。

15 000份名单，足够申请所需的要求了。

清晨8时的阳光撒遍会议室，陆易公开诊了。应诊患者远超报名配额，从天光至午夜，陆易公像个上弦陀螺，根本停不下来。除了要完成治疗任务，这位六旬老人还得应付许多不速之客。

由医疗权威和政府官员组成的观察团、媒体记者、异见分子……有来看热闹的，有吹毛求疵寻破绽的，也有好奇心怂恿边了解边写报道的。

观遍整个会议室，恐怕最单纯的人就是那些愁眉苦脸的患者。他们身负顽疾，心无杂念，唯求康复。

疗效向来是所有临床医学之归宿。弥漫着艾香的房间里，人们进入"见证不可能模式"。陆易公手中长长短短的针，幻化神奇。

有位与陆易公同龄的老太太，股骨头骨折，虽然已连做2次手术，却依然无法行走。更可怕的是，她还要再做3次手术，过程无比折磨。陆易公如同老僧入定，精气神皆灌注于银针上。老太太撒开轮椅的刹那，连自己都慌了，她当场抬脚走起路来。倘若没有满场见证者，简直像是一场骗局。

有位男性患者并不在名单上，他从芝加哥坐飞机赶来，"荒野大镖客"般硬闯入会场。人在绝望的时候，会孤注一掷。他实在受不了痉挛性头部多动的摧残了。

那是一类不体面又遭罪的疾病。10年间，他花了2.3万美元治疗费，没有收效。他偶然看到陆易公的新闻,如获赦免。针灸是他最后的救命稻草。

长针才刺入身体几分钟,患者的痉挛症状就有所缓解。疗效从不说谎,疾病面前,人人诚实。

公益演示第一天,陆易公博得满堂彩。针灸像魔法,其后治愈的病例不胜枚举,如身患神经性耳聋的律师,4次针灸后就能听见声响;又如一名有佝偻病的教师,只用1周时间,即治愈了他20年的痛苦,学生们再见他,纳闷老师长高了……

针灸在治疗很多疾病方面有自己的绝对专长。而中医的可贵之处,是从来不拿己之所长鄙夷他之所短。中医理念背后有强大的中国古代哲学支撑。中医自信能与任何文明属性下的医学平等相交,公正往来。

针灸演示不容出差错,陆易公全家动员,妻子陈贞卿充当他的助手。夫妻俩像电影里的"史密斯夫妇",双双为这片沙漠之城增添神秘谈资。

每周6天,每天14个小时。惊人的毅力和坚决的信念乃中医最好的表白。只是陈贞卿挺不住了,某日晚餐后,她突然昏倒。陆易公诊断妻子疲劳过度,将其送入房间休息,然而她仅休息片刻,又出来帮丈夫的忙。中医立法之路很艰辛,众人皆以热血为刃。这绝对是一场战争。

在场的监督团终于熬不住了,约 20 分钟换一次班,一丝不苟地盯着陆易公,巴望他出点差错,好借题发挥。

实在找不出破绽的西医,使出绝招,制造舆论。行医管理委员会发难,称陆易公的患者都是雇来的,疗效皆为虚构,不作数。

然而事实胜于雄辩。监督团与委员会完全不同,一致倒戈陆易公。他们不忍陆易公医生的治疗成果被蓄意篡改。

公开演示的第二天,局面发生转变,决定扭转的关键人物便是权高威重的民主党参议员斯坦利·德拉库里(Stanley Drakulich)。

德拉库里来自内华达州西北的瓦肖县(Washoe County),他急切地请教陆易公:针灸能不能治好我的胳膊?这些年来我的胳膊就没举过肩膀,太难受了!

陆易公让德拉库里先平躺下来,他按按胳膊,而后操盘一场"大工程"。德拉库里浑身立满了针。针柄颤抖,犹如德拉库里不确定的心情。马戏团表演似的治疗,能医好自己的胳膊吗?

他的不确定,于次日云散烟消。德拉库里几乎跳进会议室，他迫不及待展示手臂，它们能抬起来了！更大的惊喜在针灸4次后，他的手臂完全恢复正常，能轻松地举过肩膀。这位议员差点当众舞蹈。

治好了陈年旧疾，德拉库里主动穿针引线，亲自为中医立法站台。还有记者阿姆斯特朗（Armstong），他豪横地空出报纸头版，报道了针灸治愈自身梅尼埃病即眩晕症的经历，以此应援。

事态扭转于一线之间。从哀求针灸演示许可，到众多立法议员纷纷把自己放心交给陆易公。老练的乔伊斯知道，中医立法的天亮了。

患者越来越多，患者的家人、患者的朋友、朋友的朋友……

1973年3月19日至4月6日，与内华达州立法大厦一街之隔的旅馆会议室中仿佛有光。后来，美国《时代周刊》首页发表文章，称"针灸疗效果犹似神迹"，陆易公演示期间，有近500位患者得到治疗，结果均令人满意。

陆易公没有辜负中医针灸，成全了一场经典的演示。接下来，该轮到斯坦伯格和乔伊斯紧张了。不是没有呼声很高，立法却失败的先例，但能做的事情他们都做了，剩下只能是等待。

针灸和中医行医合法化提案 S.B 448，正安静地躺在议会桌案上。不久后，它会引起议会狂风暴雨般的论战。内华达州参众两院能否通过提案？乔伊斯预料那些古板的议员必然不会放过最后时机，强加阻挠。

事实上，古板的议员们也正准备这样做。

中医立法过程好似攀岩，只有抵达山顶，才算真正的胜利。过往时代的例例争端，此刻皆成序章。龙与蛇的真正较量，即将揭晓。于内达华州立法院这座山巅揭晓。

Infiltration

潜入

漂洋过海去远方

利玛窦等传教士

明朝海禁,却未能阻止耶稣会传教士们的征途。1584年,一群"洋和尚"徜徉于广东肇庆府小巷内,引来百姓惊异目光。他们从印度果阿出发,沿锡兰海岸前行,经马六甲,于澳门登陆。

葡萄牙人在澳门享有居住权,传教士只能由此上岸,别无选择。所谓"洋和尚",名副其实。在尝试进入内地之时,他们和肇庆的官员扯了个谎,说自己来自天竺。让明朝人去辨认他们的脸庞,太难了。官员信以为真,应允留居。

在这群"洋和尚"中,有位中欧"文化交流"的领军人物——利玛窦。

与14世纪前来华的马可·波罗（Marc Polo）不同，利玛窦一行人胸怀无比热情和野心。他们不是商贩，对中华盛景也并不十分感兴趣。他们的目的就是传教。

传教背后的意图：播下"上帝"的种子，来日长出政教体系之参天大树。

原来"文化交流"是句漂亮话，"文化殖民"更准确。自利玛窦等传教士们步入中国大陆，中西方摆开擂台，文化较量不曾间断，其中亦包括医学。

利玛窦于明朝万历年间来至中国，他发现这里儒释道文化完善，且根深蒂固，似乎天主教的铲子撬不开大中华的土地。为完成指标，他改良了传教方式，决定走一条"中国化"道路。这一思路大获成功，康熙年间中国天主教徒数目陡增，据不完全统计约有248100人。数据证实，利玛窦完成了他的小目标。

一段时间内，传教士皆遵守利玛窦的"规矩"办事。他们收集的资料包括信札、译著、回忆录、考察报告等，被陆续传回欧洲。

西方人假以上帝之名布道，没想到"上帝"别有用心。本来传教士想传播西方文明，没想到中华文明却随之跨越太平洋，抵达了他们的家门口。

利玛窦搜集的资料涉及医学。他将所见中医药书籍、医生对患者的诊断、诊断的水平、药物的使用、药材的供应、出诊所用工具及治疗效果等，记录在案。1615年，利玛窦在德国奥格斯堡出版《札记》，轰动一时。

传教士卜弥格，青出于蓝，为蓄势待发的欧洲"中医热"添薪加油。他不仅介绍了《黄帝内经》《脉经》，还亲自撰写了《耶稣会在中国的传教士卜弥格认识中国脉诊理论的一把医学钥匙》。中医西传，迎来了一个小高峰。

中医拈花西医微笑，大抵因为16世纪前，大洋两岸的医学纬度尚且相似，均处于古典时段，以整体观来认知身体，彼此能够理解。利玛窦对中医的评价极具代表性：他们（中医）按脉的方法和我们的一样，治病也相当成功。

西班牙奥斯汀会士的马丁·德·拉达（Martin de Rada）亦英雄所见略同，他比利玛窦早9年来到福建，认为中国能称得上学术的，唯有中医。马丁·德·拉达翻译了《徐氏针灸》，成为最早介绍中国针灸术的欧洲人。

再往后，西方人看待中医，便没有这般温情脉脉了。

比利时医生、解剖学家安德烈·维萨里（Andreas Vesalius）出版《人体构造》；实验室生理学创始人威廉·哈维（William Harver）提出血液循环系统理论……相继成为西方医学大弧度转弯的重要学术基础。

转弯后的路，与古典医学相去甚远。

16世纪后，西方对中医简直爱恨交错。言辞激烈者如法国著名批评家拜耳（Bayle），他批评中医不明科学原理，并指出中医的弱点在于不懂人体解剖。

秉持不同态度者亦大有人在。荷兰内科医生威廉·滕·瑞尼（Willem ten Rhijne）对中医很感兴趣，在学习完"四诊"及针灸基础后，不由感叹：中医"气"的理论实在不同于血液循环系统。

亲和派代表瑞尼于1683年以拉丁语出版《论关节炎》，详细描述了"针刺法"，可惜这本书并没有火起来。不想时隔7年，被荷兰医生史蒂芬·布兰卡特（Steven Blankaart）翻译成德文再次出版后意外走红。

中国最高统治者对传教士们下手清算，倒不是因为科学分歧，而是他们触碰了皇权的底线。开始，明清皇帝们从某种意义上默许传教活动，皇帝自己也很想了解西方先进的技术,但只是从"器"的层面。如果谁想动摇根本,便绝不留情。

意识形态即是根本,而改变意识形态正是传教的意义所在。

那段时间出现了一种不平衡的现象,中国本土传教士无力扭转境遇,更多人走入宫殿,做了西洋大臣,效命朝廷。明清皇帝的目的达成了,远在西方的耶稣会却两手空空,这使教廷极为不满。

矛盾愈演愈烈,终于引发"礼仪之争"。

教廷忽然决定不允许中国教徒"祭祖""敬孔"。这就动了礼教根本,皇帝们坚决予以驳回。面对"禁令",康熙做出批示:只说得西洋人等小人,如何言得中国人之大理……不必西洋人在中国行教,禁止可也,免得多事。

康熙的话像在发牢骚,大约是"既然这么多乱事,那就禁止传教"的意思。比起老父亲,雍正的态度强烈许多,他的原话是:试思一旦如此,则我等为如何之人,岂不成为尔等皇帝之百姓乎?教友唯认识尔等,一旦边境有事,百姓唯尔等之命是从……翻译过来只一句话——如果百姓都变成了欧洲信仰,我们是谁?中国又是谁的呢?

灵魂般的拷问，带着杀伐气。

中西方手握权柄的人直接卯上，苦了利玛窦等先后来华的传教士。他们夹在中西方之间，两边既不讨好又不被信任，活生生变成"第三者"。

利玛窦留居中国28载，至死未归。是他不想回家吗？也许是他不敢。

时间来到18、19世纪，利玛窦时代如同他的人，已埋骨黄土。"科学"俨然成为西方"新宗教"。人类一旦产生我是"对的"的自负情感，不同于我的就必然是"错的"。乾隆年间，英国访华使团的乔治·托马斯·斯当东（George Thomas Staunton）全盘否定中医，鄙视中国人根本不懂外科。

类似斯当东的偏见，影响了后世西方人对中医的态度。

其实，使团不比传教士久居中国，有深入了解中医的机会。他们缺乏耐心，粗暴地审判中医，恰恰证明他们过于急躁和傲慢，低估了医学文明的复杂性。

而传教士们千里送回故乡的中国文献资料，慢慢发酵，掀起了学界浪花。特别是在法国，学者们整日争论不休，如同另一个版本的"龙蛇较量"。

幸运的是，杜赫德（Jean-Baptiste Du Halde）和格

鲁贤（Jean-Baptiste Gabriel Alexandre Grosier）并未站到反对者的阵列。

杜赫德和格鲁贤

问题的关键，在于如何纠正一些错误……雷诺多（Eusèbe Renaudot）的言论在杜赫德的脑海中盘旋不停。他们同为法兰西学院院士。显然，雷诺多代表着一部分学者的态度，他的言论在法国学术界影响力颇大。

这部分学者相信中国文明一无是处，他们把传教士笔下的中国故事当成无稽之谈。所谓中草药，还不如最不开化的美洲野蛮人靠谱。

杜赫德持反对意见。他的观点是：对任何文明不能一概而论，想真正了解中国，必须向中国人学习。而固执己见和翻译误差，极大扭曲了很多学者对中国的认知。

他要让西方重新认识中国，办法只有一个——出书。

将传教团收集的中医知识提纯，编入文本，以此促进两个文明之间的理解和认同。可18世纪，关于中国的资料浩如烟海，从中去粗取精并非一件轻松的事。

让杜赫德死磕到底的动力,还有"礼仪之争"。

礼仪之争后期,欧洲耶稣会强敌环伺。为寻求王室、学界及民众支持,发表有价值的有关中华文明的文章,乃耶稣会自保之法。

至少,这本书能够证实派传教团去中国是有意义的。人类自古争议无数,只在发起争议的意图上从来没有过争议。

杜赫德默默动工,决定编纂一部有关中国的书籍,这必然要与在华传教士联络,搜集最真实的文字。以往的职业帮了他大忙。

杜赫德曾任教于拉弗莱什耶稣会学院,后专门负责整理各国耶稣会士们的信函。不仅如此,杜赫德的智囊团有27人之多,包括卫匡国(Martin Martini)、南怀仁(Ferdinand Verbiest)、柏应理(Philippe Couplet)等。毕竟身在文化圈,又凭借杰出智囊团,杜赫德和格鲁贤即使从未踏足中国地界,其著作也价值斐然。

1735年,书出版了,名为《中华帝国及其所属鞑靼地区的地理、历史、编年纪、政治和博物》(译称《中华帝国全志》),首刊于巴黎。

书名即内容梗概。《中华帝国全志》乃一部百科全书式作品,杜赫德介绍了中医诊脉、草药、养生等内容。李时珍的《本草纲目》亦收录其中。

单独挑出《本草纲目》翻译，杜赫德有自己的考虑。当时欧洲人的兴趣点已经转向中国矿物学与植物学上，《本草纲目》完全迎合流行文化。

他选择了12味热度颇高的草药，有人参、海马、麝香、大黄、当归、阿胶等。每味药都有"明星"特质。

就如阿胶。1723年，传教士巴多明（Domonique Parrenin）把一些中药夹在信内，漂洋过海运往家乡。于是巴黎科学院的学者们围成一圈，对着几枚阿胶原材料品头论足，如同中国人看西洋景。我们不确定，杜赫德是否也在其中引颈观摩。

那时的西医已经和古典医学分道扬镳，为了让读者接受《本草纲目》的观点，杜赫德下足了功夫。他用"一碗水端平"的东方智慧写作，不放弃西方科学观点，又大力分析中医术语的文化内涵，旁敲侧击地传递中医精华。

《中华帝国全志》意义深远，在当时背景下全方位诠释中国、解读中华文明的高维度，且催生出许多非传教士汉学家，也就是无政治目的、无宗教色彩的纯研究者。

1762年，传教士前往中国的路已然成为末路。东方博学家接棒传教士，继续汉学研究。

18世纪，似乎每个欧洲学人都攥着中医牌面较劲。反对者大放厥词，怀揣浪漫情怀的支持者亦不甘示弱。格鲁贤就生活于这个世纪的中后期。

18世纪中后期，精美的瓷器和丝织品成为明日黄花，已无法满足法国人对东方的想象。人们将目光转移到中国自然科学上来，这恰好是格鲁贤多年的研究领域。

1785年，格鲁贤独立出版《中国通典》。这本书更像一枚彩蛋，乃耶稣会士冯秉正（Joseph-François-Marie-Anne de Moyriac de Mailla）《中国通史》的补充卷。

当时拆台中医的学者太多了，格鲁贤却听到不同声浪。世上最有力的反驳，是事实。亲身经历过中医的传教士，说法截然相反。格鲁贤发现了曾德昭，他在南京和江西传教时，看见许多神父的病被中医治愈。格鲁贤又从巴多明的书信中得知，虫草鸭汤医体虚症……在中医现场的人，皆承认它虽有别于西方，但同样治病，有其学术成就。

这就是现实。格鲁贤的态度比杜赫德更明确，谁要说中医落后，他直言反驳：当前没有一个国家能自诩如此悠久的医学传统，中医也具备科学和严谨的态度。当某些传教士指责中医"解剖学不发达"时，他毫不客气地回击：从诊脉法的精准度来看，中国人对解剖学的认知远胜欧洲。只是没有像西方医学一样，"在死物上"做实验。

人的可悲之处在于只相信自己愿意相信的事物；人的可贵之处是认识到还有与你不同立场的人存在。较量，亦可以看作东西方的一场漫长和解。

路易斯·柏辽兹

路易斯·柏辽兹（Luis Berlioz）着迷于中医。当时，法国学者概念里的中医由5个部分构成：诊脉、中药、针灸、推拿和导引。

显然，他最着迷的那部分是针灸。

身为外科医生，无论传闻中的东方长针多么不凡或荒诞，柏辽兹都报以合理的怀疑。史料留下了他考证针灸效果的只言片语，在1810年之前，他每次施针结束，都会老老实实地记录疗效，作为临床参考。

临床效果令柏辽兹欣喜若狂，由无数病例参考得出一个结论：针灸能缓解百日咳、头痛、肌肉疼痛和其他不适。实践派的观点，深受医学界关注。

19世纪，中医陷入西方舆论泥沼，连18世纪的半点温存也不剩。那时，中医被看成远古产物，与现代世界完全不相容。1816年，柏辽兹不顾主流倾向，发表了他的首份"针灸临床研究报告"。

报告围绕一名巴黎女性患者展开。这位患者高热不退，柏辽兹启用了针灸，并且只用针灸，未使用其他治疗方法。我们无法得知患者的身份，也无从了解柏辽兹如何说服她接受针灸。大概患者久病无奈，也就"死马当活马医"了。

医案中，我们可以找到这样一句话：针灸完全缓解了患者的症状。

证据不需要长篇累牍，越简短越有力。柏辽兹掷地有声地通知整个欧洲医学界，中医针灸行之有效。这项医学实验报告，回赠给路易斯·柏辽兹一个"之最"——最早记录针灸临床效果的医生。他名垂医史。

路易斯·柏辽兹的报告最先激起中产阶级的兴趣。他们有钱，又有闲暇时间享受来自异国的疗法。在生命存在和延续的意义上，全人类都是追逐健康的人。报告涟漪绵长，影响后来医学界对中医针灸的态度。

是的，整个法国爱上了针灸。1825年，巴黎大多数医院都开展了针灸治疗。西医院系统举起针灸招牌，这可不像是集体鄙夷针灸的作派。

文学作品也凑热闹，透露出法国对待针灸的小阳春。曹雪芹笔锋带过西洋药膏子"依弗哪"，作者悄悄隐藏了清朝豪门使用西药的蛛丝马迹。同样，1829年，法国大文豪巴尔扎克在小说《婚姻生理学》中写下针灸的相关情节。小说复刻现实。

种种迹象释放着针灸风靡法国的信息。特别是1820—1840年，法国对针灸眉开眼笑，不亚于20世纪70年代初的美国。本以为中医西传的黄金时代已到来，却不过是两个文明短暂的蜜月期。

蜜月终结者有很多，除宗教因素外，当时西医采取"中用西体"套路。我们只要针灸治病的方法，但不要中医理论，什么阴阳、经络、穴位……统统拒绝。故西医针灸，更像是一出迷惑行为大赏。

有些医生将针头直接深入患者胸部、肝脏或睾丸。刺穿骨头是常事；有些会将针留在患者体内几个小时；有些医生则把目光投向药物对肌体功能的影响，包括分泌和排泄。针灸慢慢沦为放血工具。

西医手中的针，与中医手中的针大相径庭，疗效只能往离谱的方向发展。医生和患者的预期皆落空，针头清洁问题又闹得沸沸扬扬。

同一根针，用在无数患者身上，怎么可能不引起皮肤感染？西医操作时不注重针的清洁，从而引发负面曝光。矛头直指中医，针灸默默背锅。

压轴的矛盾，乃后来一直化解不开的中西医认证体系问题。

近代西方生物医学公认以"随机临床试验"作为依据，中医起始于启发式模型的"东方宇宙观"。西方的标准答案回应不了中医科学，又或者说刚出道的西医脚步追不上古老的中医。

19世纪晚期，西方在对抗疗法和细菌理论领域斩获新知。从此，西风强劲压倒东风。西医界再没有人肯接受不符合"标准"的事物，包括曾经风行的针灸。这一点决绝，美国尤甚。

隐入尘烟的针灸

巴奇·富兰克林

1825年,巴奇·富兰克林(Bache Franklin)异常忙碌,他正在为一位头痛患者针灸,门外还有很多患者在等候。他们症状繁杂,肌肉痛、风湿病、偏头痛……患者身份不普通,他们是囚犯。巴奇的诊疗室就设在州监狱内。

巴奇不喜欢别人总提起他的曾祖父,可这事好像总是无法避免。他的曾祖父实在太过耀目,乃美国开国元勋、著名的《独立宣言》起草和签署人之一本杰明·富兰克林。享受原生荣耀,意味着要担负和延续先辈们的声望。

两者之于人生同样沉甸甸。

巴奇没有选择走曾祖父的从政之路，而是坚持了对科学真相的追逐。他的曾祖父毕生关心人类灵魂的自由，他则致力于让肉体不再受困于疾病。他是一名医生。

家世传承与优良学养，成全巴奇更为宽容的价值观。囚犯因罪被囚禁，却没道理让疾病一同囚禁于犯人身体。罪犯也有重获健康的权利。1825年，他在监狱展开一项重要实验，关于中医针灸的实验。

大约17世纪，中医邂逅美国。区别于欧洲传教士"传销式"的布道，中医在美国的星点浪花靠劳工泛起。

18—19世纪，大批中国劳工赴美，也将中医一并捎带了过去。劳工，即受雇做苦力的人。面对离乡背井的东方人，雇主并不温柔以待，把他们当奴隶使唤。水土忽变，体力劳动繁重，劳工生病乃家常便饭，他们需要大夫。

西医不可能为劳工看病，所以劳工更需要中医大夫。

中医大夫无论是跟随着劳工队伍来至美国，抑或移民到那里，他们静悄悄地遍布了北美洲中部地区。被记录在案的，如广东顺德县的黎普泰，医术精湛，据说他每天诊治的患者以百计；余风庄在加利福尼亚州经营着一家"陈记生草药店"……卓亚方于1866年在爱达荷州正式行医，后来取得"合格药师"证书，属于佼佼者之列；1887年，伍于念随父亲来到俄勒冈州约翰德市，父子俩买下金华春药店，做着医药生意。世家公子，医术一脉相承，是标准的"医二代"。从伍于念被人们称"神医"的情形看，他救人无数，非浪得虚名。

华人中医的出现，对美国医学界有何影响？

几乎没有。他们的影响疆域，封印于华人圈层。登门拜访者，皆为底层大众。而美国人看待中医，还不如欧洲友好，甚至比不上英国。

英国学者曾追随法国潮流，把注意力转向针灸。许多外科医生发现治疗疼痛方面，针灸很在行。比如在萨里郡，詹姆斯·莫尔斯·丘吉尔博士正为一名患者焦心，患者瘫痪在家很久了，身体剧烈疼痛，完全失去工作能力。丘吉尔用尽方法，均治不了病。

针灸，是他最后的尝试，也是患者最后的机会。患者很快康复了。一时，萨里郡把针灸奉为神迹……中医的疗效，有时无以言表。说出来，好像夸张的洗脑宣传。信仰者奋不顾身，不解者嗤之以鼻，视为巫术。

中医却对所有褒奖与抨击不予理会。它在自己的文明里生长，在新的时间里抽出新芽。从中国走向世界，它的成效，从不欺骗患者。

巴奇·富兰克林终于交出成绩单。17名男性囚犯经由针灸治疗，有7名痊愈，7名症状明显改善，只有3名囚犯病痛如常。

数据一目了然，针灸治病大概率有效。

同年，巴奇翻译了法国人乔治·苏里耶·德·莫朗的针灸著作，于费城出版。如同路易斯·柏辽兹，书籍附赠他"第一人"的头衔——在美国翻译出版针灸专著第一人。之后，他好像一个找准路线的邮差，马不停蹄，撰写研究报告。

1826年，报告发表于《北美内科与外科》期刊。受其影响，美国医生尝试针灸治疗的新闻逐渐多起来，如医学教授威廉·奥斯勒（William Osler）。

奥斯勒就职于约翰斯·霍普金斯医学院。他是个彻头彻尾的针灸拥趸，曾满怀激情地发声：目前治疗背部和坐骨神经疾病最有效的疗法，无疑是针灸。波士顿的一家期刊社与他遥相呼应，刊发文章称：针灸在目前许多治疗手段失败的情况下，是一种宝贵资源。

眼看着美国与中医擦出闪亮火花，却忽然隐入尘烟。美国自身的原因亦有二。一是大清风雨飘摇，弱国无外交，亦无"先进的医学"。美国人刻板地认为中国医学基于落后、原始意识形态，不足以研究。

二是美国的中医出版物远远滞后于法国和英国。遍寻美利坚，仅巴奇和奥斯勒两个人出版过有关针灸的研究著作。那时医生们集体秉承书斋模式，不做实验，只间接通过记录远观针灸。苏格拉底说"未经审视的生活不值得过"，那么脱离临床实践谈论中医也是虚妄的。

结果中医如跌停板，在美国甚至整个西方被束之高阁。偶尔有人走进阁楼，抖落压在书卷上的厚重尘埃，他期望再度唤醒这失联已久的古老文明。

靠近中医的那个人，叫乔治·苏里耶·德·莫朗（George Soulié de Morant），是一名外交官。

乔治·苏里耶·德·莫朗

1898年，光绪皇帝被剥夺政治权利，身陷瀛台。长吁短叹之间，他惊讶自己还能与慈禧太后和百官相见。不过，这并非好事，慈禧太后借皇帝"圣意"，向十一国宣战,但宣战的结局很惨烈。

庚子国变,八国联军由天津直捣北京,京师死伤数十万。乔治·苏里耶·德·莫朗初来时,大约还能闻到战后残留的血腥气。

比血腥气更难让人适应的,是北京的卫生条件。

轻风乍过,尘埃涨天;小雨初经,积潦没踝……这座庞大城池竟找不到一间公共厕所。随处可见,百姓蹲在墙角方便。德·莫朗每每走过街巷,不由地掩住鼻子。

尸首及不堪的卫生环境,为霍乱提供了温床。德·莫朗旅途不顺,他踩着霍乱的节拍抵达北京。时已入夏,北京城霍乱肆虐,百姓发热、吐泻、抽搐……犹如地狱。根本没有医疗基础建设可言的皇城,能渡过难关吗?

德·莫朗疑惑之余,心存担忧。他对中国有情。

那是15年前的一个夏天,德·莫朗才8岁,他结识了丁敦龄。这位才华横溢的旅法文人,说书般把东方泱泱大国的日常生活带到德·莫朗面前。8岁,正是用幻想打开世界、搭建一生志向的年纪。

中国,随风潜入德·莫朗的心房。

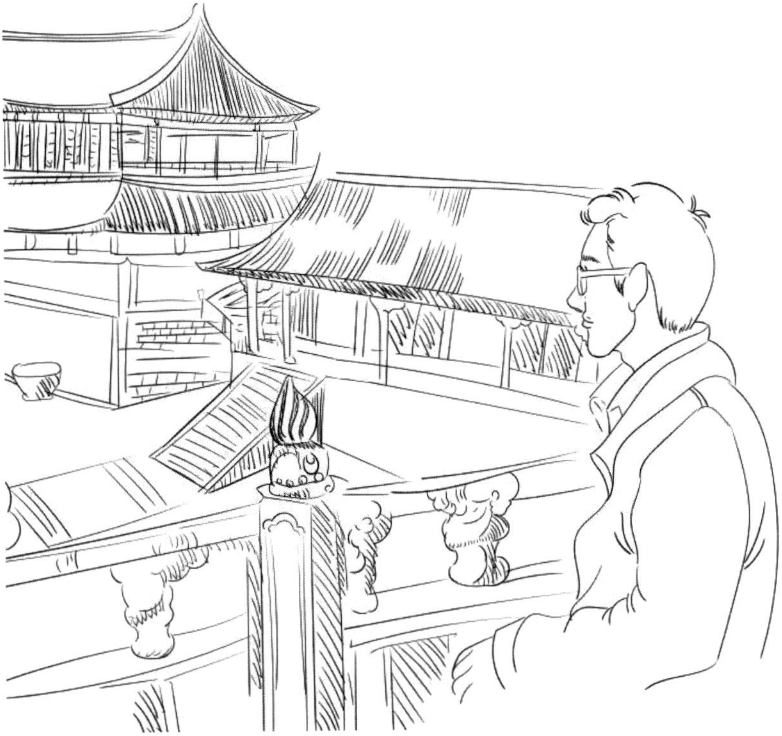

霍乱围困北京，清政府的政令还算及时，官方在内、外城设立四处医局，以德·莫朗所见，医局不设病房，只开门诊。百姓前去看病抓药，都是免费的。医局刹住了病魔的"快马加鞭"。进一步说，是中医扼紧霍乱的咽喉。

这段时间，他邂逅了杨姓中医大夫（杨为音译）。

杨大夫用针灸迅速解决患者发病情况。在德·莫朗的印象中，西方医学面对霍乱，尚不能如此立竿见效。他萌生拜师的想法。

中医传统，不轻易收徒，更别说一个洋人了。德·莫朗则入乡随"俗"，他先找到当局进行协调，试图行个方便；接着毛遂自荐，幸好他汉语流利，和杨大夫对话毫无障碍；最后，软磨硬泡，精诚所至，杨大夫答应了他的请求。

德·莫朗不是心血来潮，一头扎进中医的海洋，日复一日研习腧穴、针法、脉诊……师父总偏爱既有天分又肯用功的学生。杨大夫情不自禁，倾囊相授。

在德·莫朗调离北京，特聘为汉口领事馆翻译员之前，杨大夫赠予他许多珍贵医书。中国人表达情感很含蓄，医书是师父的心情，他舍不得这位洋徒弟。

杨大夫无心之赠，插柳成荫。那些医书成为

德·莫朗研究中医的重要资料。虽然在"东医西渐"这个浩瀚课题里，我们找不到关于杨大夫的详尽生平，甚至全名也无从考证。但这位中医杨姓大夫，应该被记上一笔。

德·莫朗从汉口至上海，拜谒当地张姓大夫，继续深造针灸。

此后3年，他担任云南府（即昆明）领事馆副领事。在此期间，德·莫朗结交了许多志趣相投的朋友。云贵总督锡良便是好友之一。

官家有人好办事。由锡良引荐，德·莫朗认识了许多擅长针灸的大夫。在他们的调教下，这位法国人的医术日渐精进，已不止入门级水平。

据说被德·莫朗治好的当地百姓，还刻匾以致谢。当然，类似记述我们尚未找出旁证，只好当成故事。1909年，德·莫朗告别了香喷喷的米线，外交官生涯结束，他乘渡轮向西北方向的法国归去。

时光倥偬，德·莫朗回国16年，销声匿迹，他没将中医理论和在中国的见闻撰写成书，公开出版。他纵情于文学和汉学研究，翻译过《聊斋志异》。当然，我们不得不提出，后世研究者认为德·莫朗属于伪翻译，等同于在原文的基础上重新创作了一个聊斋。

原本可以凭借颇具传奇色彩的经历,大大收割一波信众。可是德·莫朗没有,他的理由很简单——没人懂他。挑雪填井,知音难觅,世间最难的是懂得。

20世纪,法国的医学观变了,大家对中医普遍持怀疑态度,这让德·莫朗心灰。他暂压住胸中的火苗。错的时间,错的人,做不出对的事情。

1927年,于他是一个对的时间。

依旧是夏天,如同他踏入北京城的季节。德·莫朗与费雷·诺尔斯(Ferreyrolles)医生结交。据说他在参加聚餐时,有人突发哮喘,家属急忙联系费雷·诺尔斯,请他前去救治。在那个年代,哮喘的致死率相当高。

德·莫朗跟随费雷·诺尔斯一同出诊。现场情况棘手,生死边缘,德·莫朗自告奋勇,说他可以试试。唰地,患者家属和费雷·诺尔斯的目光均投向他。德·莫朗脸上一阵灼烧,火辣辣的。若他旁观,患者的死亡与他不相干,一旦出手,责任全在他……德·莫朗想不了那么多,他已取出一根长针,快速找到几处穴位,不由分说地刺进去。空气忽然安静,众人似目睹一场谋杀。

他都干了些什么？患者家属震惊之余，燃起愤怒，粗暴地质问。

患者一动不动，面如死状。家属几乎撸起袖子要打人。几分钟的时间比一年还要长，家属冲向德·莫朗，场面即将崩溃。突然，患者苏醒了。

事后，他和盘托出在中国的际遇，深深吸引了费雷·诺尔斯。一个人的复杂性远超出了他所表现的全部。德莫朗有他的热爱，也有他的私心。搭上费雷·诺尔斯期间，他倒手过一件文物，乃"商皿方罍"的器身。这件华夏瑰宝为他带来一笔横财。中国是他梦幻的异世界，这个世界有利可图。

费雷·诺尔斯偏重"顺势疗法"。所谓"顺势疗法"，打个不恰当的比喻，中药巴豆让人腹泻，以"顺势疗法"的角度，应用适量的巴豆能治疗腹泻。

18世纪，德国医生塞缪尔·哈尼曼（Samuel Hahnemann）基于医学之父希波克拉底的理论，提出了顺势医学概念：某些大量天然药物能引起健康的人生病，而使用小剂量同类药物则可以缓解这些症状。

如今，"顺势医学"已建立独立体系，流行于欧洲、北美和亚洲部分地区。费雷·诺尔斯之所以青眼于德·莫朗，恐怕和"顺势医学"与"中医"交集相关。

诊断过程中,"顺势医学"趋向以"整体观"看待患者,很像中国"天人合一"的理念,治病时要兼顾自然、社会环境和患者的精神情绪。

两门医学不谋而合。

德·莫朗得到赏识,费雷·诺尔斯热心地把他拉进社交圈。德·莫朗有了许多医生朋友。面对专业医生的追问,他决定亮出绝活,公开演示针灸。

那场面大概与陆易公在卡森城酒店会议厅相似,针入针出间,瘫痪的患者能起身行走……医生们不懂其中原理,却大为震撼。德·莫朗火了,总有医生邀他细说中医,还有人做"天使投资",要他把中医古籍翻译成法文,或直接邀请他出书。

1939年,德·莫朗出版《针灸法》第1册(又译为《中国灸术》),声名鹊起。据说他在巴黎医院开诊,所用针及针盒格外抢镜。针盒出自法国工艺大师私人高定,针则以金和银区分。

金针以"补"气为主,银针的用处是"泻"。金银针尾,均镶嵌着红蓝宝石或珍珠。就是不晓得以这样的"针"治病,治疗费几何呢?

德·莫朗回国经年,灵魂却好像永远与中国链接。

他的人生大事都涂抹着东方色彩。1950年，他因为中医针灸，获得诺贝尔生理学或医学奖候选人提名。他也确实让针灸在当时的法国摘下话题桂冠。其热度却仅限于法国。世界范围内，中医仍处于静默状态，似乎没有苏醒的必要条件。

触发事物的"条件"，并非以单一指数呈现，而是个复合量级。20世纪70年代，美国的复合量级达到峰值，中医"落户"美国的条件似乎瓜熟蒂落。

1971年，越南战争尚未结束，美国人早已厌倦了"现在"。他们开始怀旧，以此慰藉灵魂。怀旧读书俱乐部、30年代歌曲和广播剧目唱片集重新受宠。

大街上，年轻女人重新穿上长及脚踝的大衣，戴着90年代标准款钢架老花镜……整个美国社会轰轰烈烈地消费怀旧，时下没什么值得高兴的事情，通货膨胀、战争、犯罪、道德沦丧、交通堵塞……时局正如伍迪·艾伦所讽刺的：不仅上帝没了，周末连水管工也找不到。

美国丢掉了活力的皇冠。

这时，"阿波罗15号"宇宙飞船升空，像灰色生活中的一抹明亮。是年7月26日9时34分，人类第四次前往月球做客，逗留时间比前几次都长。《纽约时报》

头版头条，留给了天上的大新闻。

报纸下方角落，有一行不起眼的题目：《现在，让我告诉你我在北京的手术》(*Now, Let Me Tell You About My Appendectomy in Peking*)，署名作者詹姆斯·赖斯顿。文章大部分内容转至报纸第6版。

美国读者对赖斯顿再熟悉不过了。他是《纽约时报》的副主编、专栏作家，曾两度荣获普利策奖。赖斯顿下笔如刀，报道独特犀利。

即便是老将出手，也难免要为登月新闻让出版面。不过，赖斯顿的这篇自述性文章，顽强地拨开了铺天盖地的阿波罗，创造了奇迹。

在他无数篇爆款文章当中，这篇赖斯顿没按以往套路出牌，却如一团烈焰，起于北京协和医院病榻，复燃了19世纪40年代后美国冷却许久的针灸之火。

Meeting

会晤

针灸局中局

詹姆斯·赖斯顿

钢架桥的另一端是罗湖。詹姆斯·赖斯顿（James Reston）双眸闪烁，如同鹰眼，捕捉着周围所有人与景物。那年他62岁，却不见老态。从美国飞至日本东京，又接连转机香港，他没有丝毫疲惫感。兴冲冲地和妻子莎莉跨过大桥，踏入中国内地。

中国内地已与西方隔绝20余年，赖斯顿非常清楚自己正身处世界格局变幻的风暴眼，长久以来阻碍东西方交流的铁幕，即将落下。

线索有迹可循。5个月前，日本名古屋举行"世界乒乓球锦标赛"。比赛间，一名美国选手主动向中国运动员提出，要在世乒赛结束后，参加在北京举行的"亚洲乒乓球友好邀请赛"。

美国似乎用一种方式，尝试性地叩响了红色大门。

中国把门敞开了。世乒赛最后一天，我们的邀请函由代表团秘书长送达。1971年4月，美国乒乓球队穿越赖斯顿夫妇同样跨过的钢架桥，来到罗湖边境站。有7名记者获批全程报道比赛。

令世界瞩目的是，周恩来总理在人民大会堂接见了远道来客。这无疑释放了一个信号，预示着美好未来的信号随电波传向大洋彼岸。

几乎同一时间，尼克松总统宣布取消美国对中国的贸易禁令。

凭赖斯顿狐狸般的政治嗅觉，他绝对能预测到，两个大国互抛橄榄枝的背后蕴藏着深远筹谋。而就在这时，赖斯顿收到了中国政府的邀请。

接到来华考察邀请时，他正忙于和白宫对抗。

赖斯顿所供职的《纽约时报》强行发布了"美国国防部文件"，因内容与越南战争相关而惹怒白宫。纽约法官随即下达临时禁刊令，引起"时报"不满。

新闻自由如同信仰，赖斯顿及报业同事坚定信仰，毫不畏惧公权威势，他们层层上诉到最高法院。

6月30日，高院判定《纽约时报》胜诉。报业同仁凭借对信仰的坚持，硬是打赢了政府，报纸继续发表相关文件。与公权机构正面过招并大获全胜的经历，足以写入赖斯顿的自传，甚至刻在他的墓志铭上。

公开"美国国防部文件"事件，也从侧面反映出"越战"已成为尼克松政府的梦魇，难以摆脱。随后的大选，尼克松若想成功连任，改善国际关系势在必行。这是尼克松政府向中国示好的动因之一。

时局微妙，赖斯顿都看在眼里。他知道，中美关系冰山渐融。

赖斯顿于1971年7月动身入华。临行前他做足了准备，访遍中国最高领导人乃一个小目标，他誓要在红色大门内发掘出震惊世界的新闻。

时任外交部新闻司官员金桂华，专程从北京赶往广州，他在罗湖口岸等待赖斯顿夫妇。赖斯顿没有停留的打算，毕竟广州不是他的目的地。他提出诉求：立即由广州飞往北京。温文尔雅的金桂华却给这位跃跃欲试的大记者泼了盆冷水。

冷水来自上级新的指示，说访问行程有变（具体原因当时金桂华亦不清楚），他们一行人必须要在广州停留2天，然后再乘坐火车前往首都北京。

飞机换成火车的理由是：原本的航班停飞了。

赖斯顿哪有心思体验粤式美味和风光，他要的是大新闻。听到变故，他再次询问能否马上离开。后来的文章里，赖斯顿甚至用了"争辩"形容当时的情境。面对叱咤美国新闻界的"倔老头"，金桂华只能真诚地回复：那是不可能的。

金桂华笑脸盈盈，赖斯顿也很无奈，只好选择"放弃抵抗"。

两天时间，金桂华领着赖斯顿夫妇参观了广州人民公社。真实的中国社会铺展于他们眼前，虽说这等近距离观察中国的机会，其他外国记者垂涎欲滴，但对于赖斯顿，却是身在羊城，心已飞到了北京。

7月10日晚，他终于如愿，坐上了开往北京的火车。

那是一辆慢车。火车晃晃悠悠，像慵懒的游人，从南至北。车窗外夜色深幽，也许赖斯顿抱怨列车跑得太慢之后，一阵疑虑忽然涌上他心头。推迟进京时间、改变交通工具……他把线索拼凑起来，就像故意不让他及时进京。

这一切似乎是个"局"。虽然赖斯顿没什么证据，但在战火硝烟里打磨出的直觉，从不会欺骗自己。

1939年9月1日，也就是希特勒进攻波兰当天，名不见经传的赖斯顿被调到《纽约时报》伦敦分社，专事国际政治新闻报道。

随后第二次世界大战爆发，他的文章就在德国法西斯无数次对伦敦的空袭之中写成，见诸报端。由此，赖斯顿收获赞赏和名气的同时，收获了只有战地记者才具备的能力，他勇敢、敏锐、有全局观及精准的直觉。

赖斯顿的直觉是对的。

阻挠他进京的人，正是美国国家安全顾问亨利·基辛格（Henry Alfred Kissinger）。

1971年7月8日，赖斯顿夫妇入境广州，如果他们直接就飞抵北京，必定会和7月9日抵达的基辛格"撞车"。基辛格不情愿。

他们两人不能碰面，事情当然有原委。

自1969年，尼克松多次通过"中介"巴基斯坦传声，期望同中国建立"最高级别的、秘密的联系和接触"。次年5月，我方答复白宫，表示欢迎尼克松总统来访。尼克松访华议题，基本敲定。

中美对话，在当时的国际格局下几乎不可能，也没有人会想到。

两个国家最高领导人会晤，并非好友间请客吃饭那么轻松简单。前后诸多事宜需要精细商讨。尼克松先派出一人做排头兵，那人便是基辛格。

美国为了不受对手和盟友干扰，这场会面必须是秘密的，并将此次会面定名为"波罗"。如同马可波罗的东方之旅，充满了冒险、探索和发现。

7月1日，基辛格的飞机从华盛顿升空了，为掩人耳目，他声东击西，先到亚洲其他国家虚晃一枪，在与巴基斯坦总统阿迦·穆罕默德·叶海亚·汗会谈90分钟后，基辛格改变行程，称自己将去避暑胜地纳蒂亚加短暂休假。

巴基斯坦总统配合满分。他适时宣布基辛格身体微恙，需要休息。事情看上去平平无奇，记者们信以为真，未再多关注。

西方政客向来是最佳的表演者，他们做戏做全套，大使馆还安排医生前去诊治，可避暑胜地哪还有基辛格的身影……9日凌晨，他全副武装，头戴帽子、扣上墨镜，准备登上巴基斯坦航空公司的飞机。

刚到机场时，发生了件紧急状况。

基辛格被贝格无意间看到了。贝格感觉这个人很像基辛格，便赶紧询问飞机开往何处？机场人员回答：中国。

作为《每日电讯报》驻巴基斯坦记者，贝格的政治触角异常灵敏，几乎零时差给伦敦报社发去急电——基辛格飞往中国。

倘若这次秘密行程曝光，尼克松能否如约访华都是问题。还好，《每日电讯报》值班编辑认为贝格肯定喝多了，基辛格到中国？不可能的。编辑毫不犹疑，把电报丢进垃圾桶。基辛格却真的朝着北京奔去。

这场被白宫视为绝密的会晤，正巧与最擅长挖掘绝密的赖斯顿行程相撞。白宫方面表示出担忧。白宫"怕"记者？没错，他们怕。

赖斯顿撰写的新闻和专稿，乃是整个华盛顿政界、外交界和舆论界必读之文章。有人曾说那个时代美国新闻记者中，口碑最好的有两位，一位是哥伦比亚广播公司新闻主持人沃尔特·克朗凯特（Walter Cronkite），另一位就是詹姆斯·赖斯顿。

这也是他被邀请走进"红色帷幕"，观察中国的原因。赖斯顿客观公正，他笔下的文章令读者信服。中国政府有把握让他将此行见闻付诸报纸，以此拉近两国民众的认知距离。

而赖斯顿似乎对尼克松政府带着敌意。后来的"水门事件",他评价尼克松:他在理论上拥护《美国宪法》中的每一条崇高原则,在实践中却又全然不顾。

态度显而易见。尼克松政府自然也把这位不友好的记者视为"瘟疫"。故而中国政府对行程稍作调整。毕竟赖斯顿人在中国,他的威风"水土不服"。

北京究竟发生了什么,成为詹姆斯·赖斯顿一路上的迷思。

7月9日中午,基辛格在3名助理的陪同下,走出机场。午餐后,即15时,周恩来总理到了。其实整个会晤过程,基辛格只逗留了48小时。但周五深夜、周六晚上和周日早晨他一直在与周恩来总理密谈,不曾休息。中美关心的重大议题、两国的基本立场和态度……皆在这两天进退帷幄。

最初,双方对于会晤确实做到了保密,为两国关系的改善提供了一种担保。而如今秘辛已然揭晓,风云际会,供世人参想。

史料中,两国领导人有段关于赖斯顿的对话,颇具戏剧性。

基辛格得知赖斯顿将延后抵京,打趣地对周恩来总理说:我听说他在路上花费的时间正好同我在北京待的时间相同。

周恩来总理点头，道：赖斯顿坐火车来的。

基辛格接着说：那他恐怕要抱怨你们的火车太慢了。

周恩来总理也很幽默，答：不要紧，让他说我们落后一点好了。

两位领导人云淡风轻，断送了赖斯顿的一桩世纪大新闻。

7月12日，赖斯顿夫妇抵京，下榻新侨饭店。那时，他对基辛格的秘密之旅尚不知情。赖斯顿一面谋求采访中国最高领导人的机会，一面接受安排参观北京朝阳区的某家中医院，并与针灸医生合影留念。

以中医开启赖斯顿的中国之行，也可以算作外交上的一个"局"。世上无论哪个国家的民众都不会错过治愈疾病的消息。中国埋下了一个热点。

当然，即便拥有战地记者的超强直觉，赖斯顿也想不到，不久之后自己会成为美国针灸热潮的第一推手。

赖斯顿算不上首位采访新中国的记者。1957年，美国全国广播公司（NBC电视台）记者罗伯特·科恩

（Robert Carl Cohen），误打误撞来到中国。他拍摄了一部纪录片，回国播放后引起不小反响。纪录片时长50分钟，剥洋葱般呈现一层层真实的中国。有几分钟的时间，画面出现了中国现代医院和传统针灸。

只是那时的美国社会尚未对东方科学技术产生兴趣，中医内容一带而过，并不是重点。但针灸伴随着纪录片的传播，确实进入了美国民众视野。

《观察》的摄影记者菲利普·哈瑞顿（Phillip Harrington）于同年发表配图文章，题为《红色中国墨守古老中医》。文中提及针灸，他写道：针灸在中国一直流行，可以治疗风湿病、关节炎、瘫痪等各类疾病。中医坚信终有一天，针灸会被全世界所接受。

这篇报道的命运，如同科恩纪录片中的中医镜头，淹没于信息汪洋。传播需要时间和时机，就像猎人捕猎。20世纪50年代，中美关系还没松动，政治气候禁锢了更多人的眼界。中医遭遇冷待并不稀奇。

时至70年代，时局变了。前人拨撒的零星火种，伴随赖斯顿这一把柴烧旺了。如果说错过基辛格访华是他职业生涯的最大遗憾，那么老天也很眷顾这位执着的老媒体人，补偿给他另一桩新闻。

北京国际俱乐部，赖斯顿端着咖啡，他口若悬河地说服外交部官员们：如果能让我采访到政府要员，对两国关系绝对有益。

新闻司负责人陈楚打断了他的游说，漫不经心道：我有个小新闻要透露给你。

大人物口中没有小新闻。赖斯顿前倾身子，仔细聆听。陈楚道：基辛格已经访问过北京了。我们和美国将同时宣布，尼克松总统于明年5月前访问北京。

一口咖啡梗在赖斯顿喉咙，不上不下。他清楚记得，那是上午10时30分。陈楚的"小新闻"像旱天惊雷，炸得他瞬间哑然。他迅速在心中盘算，陈楚口中基辛格到北京的时间，自己不正被滞留在广州吗！

为什么既定行程有变？为什么非要在广州参观人民公社？什么改飞机为缓慢的火车？他这个局中人，曾经当局者迷。此刻恍然，他中了"圈套"，可又不得不入套，唯有捶胸。他不甘心。

尼克松访华，意味着中美两个超级大国重新成为好友，这在世界政坛乃震天撼地般的决策，必然会引发前所未有之大变局。这独家桂冠，偏偏与他擦身。

来不及了。中美双方于北京时间7月16日上午10时30分（华盛顿时间7月15日晚上10时30分）发布尼克松将应邀访华《公告》。根据赖斯顿描述：登时，他下腹剧烈刺痛，是夜发热39.4℃（103 ℉）。

烧得云里雾里之际，赖斯顿产生幻觉，他隐约看到基辛格在卧室天花板上漂浮着，向他发出阵阵冷笑。仿佛在说：还是输我一局吧。打击之大，不言而喻。

莎莉把丈夫的病情告知有关人员。赖斯顿是中国政府请来的贵宾，健康不容有失。于是，当时还唤作他名的协和医院立刻派李邦琦、朱预等医生前往新侨饭店会诊。

17日上午经再次会诊，专家确定赖斯顿患急性阑尾炎。很快，在妻子莎莉的陪同下，赖斯顿住进了北京协和医院。

曾有人质疑赖斯顿是故意装病，另辟蹊径获取中医新闻。连他远在美国的儿子汤姆斯·赖斯顿（Thomas Reston）得知消息后，也不由地惊呼上帝，说老爸不是为了搞到新闻拿自己的命冒险吧！

可这次真不是赖斯顿设的局，他反驳道：为搞到好新闻我确实可以做出许多牺牲，可还不至于半夜去开刀，或主动要去当医疗试验用的"荷兰猪"。

紫禁城东南角，灰墙绿瓦的建筑渐渐映入眼帘，赖斯顿记得自己被送入5号楼。这栋楼专门接待西方外交官和家属。

躺在3层的某个房间等待检查的赖斯顿病痛难忍，他不忘观察周围环境。资深媒体人的职业素养是烙在骨子里的。他形容那是一套朴素舒适的房间，墙上挂着镶淡蓝色边的毛主席诗词画卷。透过高大的窗户能看到花园，松柏耸立……

他感觉那天很热，电风扇搅动着潮湿的空气。有风，却不凉爽。

吴蔚然

有5位医生被调派来为詹姆斯·赖斯顿会诊。吴蔚然便是其中之一。

他知道这次会诊具有政治意义，非同小可。吴蔚然与其他同事走进病房之前，赖斯顿已被大群护士围得水泄不通，他接受了一系列基础检查，如耳垂采血、测量体温血压、心电图……赖斯顿回忆说：检查过程很安静，护士们无微不至。

不久，中国医学科学院的专家吴阶平、协和医院院长崔静宜、内科主任张孝骞、外科主任曾宪久和吴蔚然医生步入病房。他见到了传说中的赖斯顿，一个身形略胖、面色灰白、额头格外宽大的老人家。

5位医生又把赖斯顿围起来。赖斯顿半裸着上身，任由医生们摆布，他说自己像搁浅的白鲸，在医学展览会议上供人参观。

会诊结论依然是急性阑尾炎，需要尽快手术。

医院让吴蔚然担任主刀。在他看来，这位美国大记者的病情并不复杂，可这不光是手术的问题，还有外交层面的问题。连领导人都过问了赖斯顿的病情，要求手术万无一失，防止术后感染。

吴蔚然医生做着术前准备。这时，赖斯顿正被护士推过幽长的走廊，转运床滑入手术室。手术室有空调，这让赖斯顿很欣慰。

晚上8时半，医生注射完局部麻药，吴蔚然站在赖斯顿身旁，为减轻患者心理负担，吴蔚然始终保持着微笑。后来他被赖斯顿称之为"聪明可爱的先生"。

手术开始了。

无影灯下，吴蔚然操作娴熟，术中他发现赖斯顿不止阑尾发炎，还伴有腹膜炎。为防止术后感染，吴蔚然等医生决定使用抗生素清洗腹腔，再静脉注射抗生素……手术意料之中的顺利。3个小时后，赖斯顿躺在自己的病房，护士把切除下来的阑尾拿给他看。他苦笑着，目送自己的阑尾离他远去。

病根去掉了，赖斯顿切换至记者人格。吴蔚然乃是西医，在他身上完成"十全十美"（赖斯顿文章形容）的阑尾手术后，中医登场。

中医，为赖斯顿提供了一则报道中国的最佳端口。

李占元

征得赖斯顿同意，李占元取出长针。他像东方武侠电影里的高手，3针刺了过去，扎进赖斯顿右外肘和双膝的几处穴位。他的神态让患者安宁，不疾不徐，从容地点燃艾卷，熏疗其腹部。

艾灸的同时，他还不时以手捻针。

回忆36岁时出诊的经历，大部分细节李占元已模糊，他只记得患者因为阑尾手术出现腹胀和尿潴留症状。医院派他应用中医疗法为其治疗。

中医在美国远遁主流社会，被雪藏甚久。这个时候启动中医疗法，是有外交风险的。如果失败了或效果不明显，很可能成为大记者笔下的黑料，不利于中医学的传播。

院方做此决定背后的缘由，如今无从知晓。我们仅能从不相干的细节挖出些许内情。也许，赖斯顿接受中医治疗，是"针灸外交"大局中的一个小心思。

诚然，这份心思必须建立在中医完全能治好他的基础之上。

李占元对待赖斯顿与对待其他患者没差别，同样严肃谨慎，温柔可亲。他用针和灸（艾灸）的方式刺激赖斯顿的肠胃蠕动，以减少胀气。西方人对针多少有些畏惧。为消除畏惧感，全靠李占元老练的技艺。他进针力度恰到好处，针入肌理后，不痛，只少许酸麻。几个回合后，赖斯顿不再担忧。

如果之前赖斯顿仅在媒体上听闻中医，此刻就是亲身经历。

耳闻与身受，对当事人的冲击程度天差地别。新鲜的治疗体验为赖斯顿打开了新世界。李占元能感觉到，这位患者对他的兴趣越来越浓，赖斯顿主动找他聊天，不询问病情，更像是社交，又或者在进行专访。

通过聊天捕捉信息，是记者的职业技能之一。赖斯顿单刀直入，询问正在捻针的李占元从医经历。李占元小眼睛，有种看不透的深邃。他的经历没有赖斯顿想象得那般离奇，李占元说自己从未真正读过医学院，只拜过医院一位退休中医为师，研习针灸、中药，后来留在了医院。

赖斯顿接着问：那学习完毕，就可以直接给患者治疗吗？

李占元笑笑，老实地摇头：不行，要在自己身上施针练习，很多年后才可以给患者治病。中医是挂牌开业前先磨炼自己千百次的行当。

中医的精度与准度来自实战。这一点，李占元只用了 20 分钟便加以证明。当赖斯顿还在忐忑，又扎又熏是否能治病时，他的症状明显减轻了。

李占元和几名护士收拾"战场"，赖斯顿摸摸肚皮，眼见未必为实，但身体很诚实。腹胀和尿潴留都得以缓解，而且以后再没复发过。这让赖斯顿很难不对中医痴迷，传媒老手在针灸老手的提点下，嗅到一个精彩的新闻选题。

搜集信息阶段的赖斯顿用上计谋，故意避开李占元，去采访西医李邦奇。中国的西医如何看待中医？专业人士对专业人士最刻薄，他很期待答案。

李邦奇不打官腔，对他说：起初我也不信，可事实就是事实，针灸确实有很多用途。赖斯顿不得不承认,毕竟刚刚针灸还在他身上发挥效用。

李占元医生在答赖斯顿提问时,称自己没真正读过中医学院。赖斯顿狐疑,不经受正规训练如何能给人治病。他拎出了一个方向,却忽视了另一个方向。

另一个方向牵扯到中医的近代心酸史,那段中西医斗法天昏地暗的岁月。

"龙蛇较量",不只发生在西方,中华大地也曾是沙场。

19世纪乃西方医学黄金时代,细胞病理学说及细菌学的迅速发展,为探究疾病成因提供了确切依据。麻醉药、消毒化学剂相继问世,外科手术跃升西医第一招牌……西学向东渐,1840年的西方炮火也落在了中国。

弹药击碎的不止大清门楣,还有百姓的信念。中国人前所未有地对本民族文化产生了深刻质疑。各类言论喧嚣尘上,境外势力传教士们宣扬西医的现代性和科学性,中医沦为反面教材。大势之下,舆论尖刀刺向中医,一时批评如潮。

叫喊最为大声的是知识分子。那些受西方思想影响的知识分子,矛头直指中医。他们批评阴阳五行虚无缥缈,怎能与西医相提并论;甚至将"东亚病夫"绰号的罪魁,也踢给了中医。

因为中医不科学,所以国人羸弱,文明凋敝,于是才遭受世界霸凌。从这套逻辑推理下去,若民族复兴,必然废除中医,大兴西医。

为寻找一剂救命良药,清除另一剂救命良药。国破山河的彼时,这种行为更像泄私愤。改变现状不等于抹杀民族曾拥有的文明。所谓复兴,不是割袍断义,全盘否定,倒洗澡水连同将孩子一并倒掉的荒谬行为,是在复兴谁呢?

1912年,民国肇始,各层面急于求新。相关部门则认定中医乃现代医疗保健发展的一大障碍。他们对中医进行了毁灭性打击,著名的"废止中医案"由此产生,即废除任何中医理论的学术培训。

一石激起千重浪。无数中医大夫放下针和药,走上大街奋起反抗,废止一事最终未被通过。但民众的情绪被搅乱了。

政府卫生官员态度偏执,公开称中医是"过时和不科学的"。官方带头抵制,意识形态很快蔓延至全国,中医慢慢失去话语权。其后几年,卫生系统完全被西医和支持西医的官员掌控,从思想到现实,中医节节溃败。

1929年2月,《废止旧医以扫除医事卫生之障碍案》《拟请规定限制中医生及中药材之办法案》《制定中医登记年限》《统一医士登陆办法》于中央卫生委员会上得票通过,合并称为《规定旧医登记案原则》。

民国的中医劫难,大部分脱离医疗科学范畴,多受政治和利益操纵。引领舆论走向的是躲在政治大旗后面的人——以余云岫为代表的废医派。

中医界再不拨乱反正,必将生死未明。他们天南地北联合起来,请愿、论战、设立医药纪念日……努力争取那些站队摇摆不定的官员们。

有时候,历史的走向取决于谁的声音更大。民众舆论渐渐转圜,肯为中医说句公道话的人多了起来。风雨飘摇,漫漫十余年,南京政府终下达批示,裁撤《废止中医案》。可胜利并不一定代表完美结局,中医元气大伤,不复昔日光景。

民国政府身处乱流,草草收场。1949年,中华人民共和国成立。中华大地医疗资源匮乏到惊人地步,特别在农村地区,大众根本负担不起西医费用,身体有病,只能硬挺或靠偏方应付。

如何解决医疗卫生困境，国家将目光投向了中医。中医如同它所承接的道家风骨，关键时刻，再临江湖。

从实践领域着眼，中医治病成功率高，构建社会体系相对方便。中医的地位逐步提高。第一步，便是要筹建中医药教育机构。

中医院校涅槃重生。4所国家级中医药教育机构应运而起，它们分别位于北京、成都、上海和广州。那是50年代中期，李占元大约20岁，他没机会挤进唯四的专业院校，不足为奇。

拜师这套古老系统，成为广大学子研习中医的必由之路。拜权威中医为师，经师承，获得研习中医理论和实践操作的机会，再通过临床训练步入医疗行业。乃至今天，这套系统仍然存在，且更加规范。

同样于50年代中期，正在推广中西医结合的理念。以北京儿童医院为例，80名医生中有20名是中医。故而赖斯顿能在西医院认识李占元并接受他的中医治疗，似乎一切都是最好的安排。

赖斯顿针灸疗程结束，李占元旋即投入到日常工作中。他曾听同事说美国记者发表了一篇报道，可具体写了什么，他无暇详细了解。1995年，李占元医生从协和医院退休，他和普通退休老人一样，过着恬淡

的晚年生活。

他完全想象不到，自己在协和 5 号外宾楼的出诊，竟按下那位记者的灵感开关，以至于后来燃起大洋彼岸的中医火焰。倘若赖斯顿是 70 年代美国中医热浪的"推手"，李占元医生即是推了"推手"一把的推手。

只是这位推手，藏身红尘，不问功名。

詹姆斯·赖斯顿

病榻上，赖斯顿不太关心自己的肚皮。李邦奇医生用镊子夹住线结，轻轻提拉……"拆线"过程不会很久，他要抓紧时间提问。

住院，很像另一种形式的"被迫歇脚"。这次赖斯顿没打算坐困愁城，他敏锐地抓住了"针灸"这个出口。

他问：针灸治疗在中国发展得怎么样？

李邦奇边忙碌边回答：协和医院每天有 2500～3000 名患者，有超过 100 人接受针灸治疗。

赖斯顿扬眉：针灸治什么最拿手？

李邦奇完成了拆线，他说：像严重的偏头痛、关节炎等。当然，针灸的其他应用还在继续探索。

赖斯顿目送李邦奇走出病房，他脑海里漂浮的思绪逐渐清晰立体起来。既然他比任何人都近水楼台，深入中国医疗系统的腹地。那为什么不以手术和针灸治疗为素材,写一遍真实的报道呢?

他迫不及待地按下键盘:医院本身充满人道,生机勃勃……它像中国今天的其他事情一样,正在走向与以往不同的、古老的和崭新的一种结合。这些文字述诸笔端,赖斯顿心满意足。中医、西医本身就是东西方认识世界的维度,从中西医结合的医疗现状,引申至中国未来的政治方向,多么新颖又刁钻,却恰如其分。

文章的名字为《现在,让我告诉你们我在北京的手术》(Now, Let Me Tell You About My Appendectomy in Peking),于美国时间1971年7月26日刊登在《纽约时报》。

病房似乎不像之前那般潮热了,他倚靠床头,蚊香味道浓重,使赖斯顿联想到艾卷。因病得福,他成为第一位在中华人民共和国接受针灸治疗的美国患者。

细细想来,痛失基辛格访华大新闻,也没什么。

赖斯顿走出协和医院,他的心情阳光灿烂。当缴住院费的时候,他和莎莉露出惊异的表情。良久,他们掏出钱伸向收费口。

住院11天,诊疗费用才27.5美元。这些钱,在美国连一次针灸治疗都不够。令他惊异的不止诊疗费用，想必失去阑尾换来了好运，他收到了前往人民大会堂（福建厅）参加晚宴的邀请。

宴会的圆桌上摆满中国佳肴，赖斯顿不懂怎么吃荷叶包肉，他张开嘴直接咬向荷叶。诙谐的瞬间被美国媒体捕捉到。赖斯顿激动地把这段往事写进了回忆录。

他当时还不知道，不久前刊登的关于自己手术的报道，掀起了美国民众对中医针灸的狂热。实际情况是，赖斯顿位于华盛顿的家每天接到无数来信，读者们都在询问针灸治疗疾病的事情。据其子汤姆斯回忆，信件如同雪片堆满了走廊。

一篇随笔式报道甚至压过了"阿波罗号登月"的风头，针灸的烟火，绽放于美国天空。事情看似偶然，偶然中隐匿着必然。

大人物已采访，大新闻已写就，一身轻松的赖斯顿夫妇来了场中国之旅。他们的足迹遍布东北大连、华东上海等地。

在上海医院，老两口被安排参观了闻名久远的针刺麻醉。

针灸替代麻药，如同巫术。莎莉简直不敢相信自己的眼睛，肺和肋骨切除手术已经持续了2个小时，患者唯一的麻醉方式是肩外侧扎着一根针。

赖斯顿简短地提问：你多大年纪？

患者开口，答：24岁。

赖斯顿情不自禁走向手术台对面，爬上梯子，举起摄像机小心翼翼拍下整个过程。后来他由衷地说：许多重要的事情正在中国发生着，希望美国人赶紧来中国，彼此进行真正的交流。

把中医当成外交手段，中国政府有意为之。而那时的赖斯顿不在乎是局或非局，他真心佩服承载了现在以及初始文明的中医，同时更加佩服中国。

其实在他之先，就有人专为针刺麻醉，奔赴中国。

同年5月，耶鲁大学高尔斯顿（Arthur Gallstone）教授和麻省理工学院伊桑·西格纳（Ethan Signer）将所见针刺麻醉手术的情形传递回美国，立即引发医学界口诛笔伐。这波质疑也并非毫无理由。好比用英语语法定义中文，中文系统根本称不上语言。西医对中医逻辑本身，很霸道。不是不能公平以待，而是他们不想。

9月，又有4位美国医生不服气针麻效果而来华。他们分别是麻省总医院和哈佛大学教授保罗·达德利·怀特（Paul Dudley White）；密苏里大学健康科学院院长格雷·达蒙德（Grey Dimond）博士；纽约爱因斯坦医学院社区健康教授维克多·西铎（Victor Sidel）；纽约西奈山医学院耳鼻咽喉科名誉教授萨缪尔·罗森（Samuel Rosen）。

轮番观摩过手术后，6位医学界明星集体倒戈。他们十分认可针刺麻醉的成功率，这无疑变成了传播的加持，成为美国针灸热潮的引信之一。另几股引信，来自时代背景和当时西医自身存在的问题。

"二战"结束，美国迎来"婴儿潮"。至20世纪60年代末，曾经的襁褓婴儿已长成青年，占美国总人数的20%。这群青年标榜个性，反对主流文化。

伍德斯托克摇滚音乐节，即是"婴儿潮一代"团结的象征。

反对主流文化必然导向对亚文化的包容。比如70年代，超自然力量空前受到民众追捧。当时美国有1万名专职、17.5万名兼职占星家；300家有定期占星术专栏的报纸销量总计3000万份……这波力量，最终分流入民间医学。

正值当口，西医出现了一项棘手问题：滥用化学药物。

自 60 年代，由于药物不良反应引起的一系列药源性疾病事件频发，使人们感受到威胁和恐惧，故而民众主动倾向于无不良反应的自然疗法。

几重因缘起承转合，古老东方的针灸逐渐飙升至热门榜单。不过，距离美国热情巅峰似乎还少一点力量。尼克松总统就是那一点力量。

尼克松访华与神乎其技的针灸

理查德·米尔豪斯·尼克松

一阵轰鸣,"空军1号"专机掠过长江,朝北京飞去。那是1972年2月21日的午后,天气寒凉,但中国大地沉浸于喜悦的火热之中。农历新年还没过完,人们延续着古老传统,拜年、休憩、阖家团圆。

美国总统的红白蓝三色专机,缓缓降落于首都机场停机坪上。不久,尼克松夫妇和30余人的访问团队走出机舱。1970年9月,理查德·米尔豪斯·尼克松(Richard Milhous Nixon)在接受《时代周刊》采访时说过:如果在我去世之前有什么事还必须要做的,那就是到中国去。如果我不能去,希望我的孩子能够去。

那年公开采访，相当于完成了一次"疯狂"的政治暗示。

中国方面回应了他的暗示。1971年的国庆，中方邀请记者埃德加·斯诺（Edgar Snowd）登上天安门城楼观礼。第二年，尼克松就来到了中国北京。

率先走出的助理有些错愕，偌大的机场看起来空旷荒凉，不像其他国家的机场总是人潮涌动。

大约400名军人排列整齐，合唱着《三大纪律八项注意》。助理忽然担心，难道中国政府并不欢迎总统？

助理误会了中国人的礼仪。

两国高层为此次会晤，煞费苦心。秘密筹划时久，直到一切安排妥当，才将信息公布于世。谈何不欢迎？

历史性名场面出现了。尼克松的手跨越了世界上最辽阔的海洋与我国领导人的双手相握。

他们的手紧紧握住，一个时代结束了，另一个时代已然开启。

傲慢与偏见永远无法带领人类穿越山海，只有理解可以。

099

作为第一位到中国访问的重要西方领导人，这一帧画面被记录了下来，经媒体传向全球，家喻户晓。简短寒暄后，尼克松一行乘专车驶入市区。透过车窗，北京的马路比他想象中平整，街道也很寂静，明朗，干净。

尼克松在华日程满满当当，不仅要议事，他的团队还要参加各式外交活动。第二天，其妻子特尔玛·凯瑟琳·瑞安·"帕特"·尼克松（Thelma Catherine Ryan "Pat" Nixon）便参观了北京的养老院、农业公社和儿童医院。

儿童医院的中医们正在为患者针灸，帕特·尼克松对针头敏感，却难掩好奇。她兴致勃勃地询问了患者很多问题……于是，中医针灸经由大批随行记者的镜头，出现在世界观众的电视机里。

相比于纸媒，视频画面更直截了当，更具视觉效果，更动人。政治明星也让针灸更光耀夺目。这还只是"针灸外交"的前奏。

辛育龄

患者很清醒，手术已经进行一段时间了。辛育龄打开患者胸口，切除肺叶组织。整个过程，在美国访问团看来，已超出认知他们的范畴，简直神乎其技。辛育龄的注意力只在患者身上，不受周围人影响。

是的，这次右肺上叶支气管扩张手术与以往不同。手术室里站满了随尼克松访华的官员、医生和媒体记者。他们曾提出，无论如何都要现场近距离观看一次针刺麻醉手术。中国方面应允了要求。

惊掉外国友人下巴的"针麻"，并非完全照搬古代典籍内的针灸技术，而在近代又被融合创生。

中华人民共和国成立初期，医疗事业步履维艰，药品稀缺和外科麻醉体系尚未健全，让手术成为一件大难题，亟待解决。医学便是要从死亡深处开一道生门。

生门开向了中医维度。

共和国的医生们翻出泛黄的中医古籍，他们向先贤求教，夜以继日，字里行间饱含着古老的新希望，"针刺麻醉"技术研发而成。

短短两行文字，我们将"针麻"创世描述完毕，但过程几多殚精竭虑，又几多峰回路转，或许只有参与其中的医生心里最明白，辛育龄便是其中一员。

辛育龄毕业于中国医科大学，曾获苏联医学科学院外科博士学位。战争年代，他拿起纱布和止血钳投身革命，作为白求恩医生的卫生员，有着坚定的信念和果毅的精神。辛育龄受过系统且精良的西医训练，却从不鄙夷中医。

两种医学都值得尊重，值得用一生岁月去探究。中西医各有长短，辛育龄等医者擅于取长补短。于是，中西医在"麻醉"这个领域握手言和。

辛育龄等利用针刺麻醉，进行了1200例肺切除手术，均告成功。消息不胫而走，传到西方学界，沦为一则笑话。而1972年2月24日清晨的这台支气管扩张手术仿佛一场"破局"，让访问团心服口服。

尼克松的私人医生沃尔特·塔卡（Walter R. Teach）动身前，同事特意嘱咐他说：有机会要仔细观察针刺麻醉，看看能否发现其中的骗术。所以访问团提出了必须观看手术全过程的要求。

对辛育龄等医生来说，访问团是外宾，他们自然积极配合。从患者接受针刺，到捻针诱导，至开胸手术……访问团明明白白瞧得清晰。手术前，塔卡几番确认患者有没有被偷偷注射过麻醉药物。

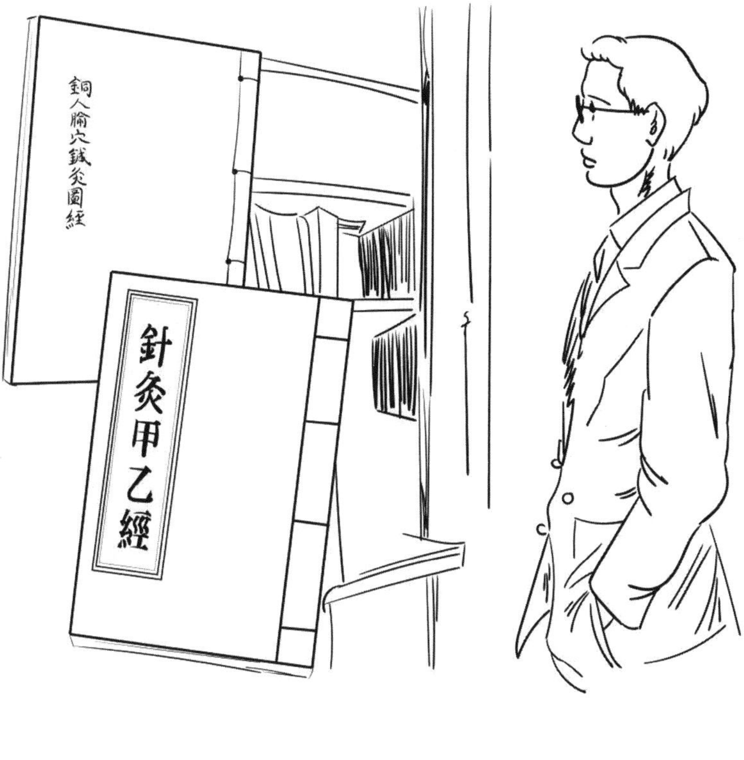
銅人腧穴鍼灸圖經
針灸甲乙經

几次的答案都是——没有。

在没有注射任何麻醉剂的情况下，靠一根针，辛育龄医生顺利完成了 72 分钟的手术。访华团成员们都睁大了眼睛，提出各式各样的问题。他们还将患者在术期间的呼吸、心律、血压数据拍摄下来，这些数据作为证据，证明中国"针麻"有效。

手术结束，医院举行了一场座谈会，专门答疑解惑。与其说是座谈会，倒更像是一场新闻发布会。主刀医生辛育龄充当了新闻发言人的角色。

"针刺麻醉"的原理是什么？针刺怎么操作？患者可以自由选择"针刺麻醉"和"药物麻醉"吗？"针刺麻醉"和"药物麻醉"相比有什么优势……

问题接二连三，辛育龄应对如流，且实事求是。

塔卡心服口服，他说：中国的麻醉手术在美国早有传闻，多数人不相信。今天我们目睹"针麻"肺切除全过程，"针麻"的镇痛效果是真实的。

这段感叹，被《读者文摘》（Reader's Dugest）取作题目，一篇《我曾亲眼看见针灸确实有效》的文章，7 月在全美发表。

1972 年 2 月 28 日上午，尼克松及其团队自上海乘飞机离开中国。从此，中医针灸借时局东风一骑绝尘，盛名国际。

倘若把中医定义为中美破冰的"外交手段"，未免有些武断。当时中西医结合乃一项医疗政策，针灸疗法在新中国已开拓很多年。可以说，是先有了大力发展中医的事实，它应时化作外交使者，"刺出"一片蓝空，让美国人看见传统的中国、簇新的中国、智慧的中国。

外交的影响力巨大，中医针灸扶摇直上，登临民众关注巅峰。6月4日,《纽约时报》发布报道《针灸：针刺镇痛来到美国》。它如一贴官方告示，宣告美国迎来了中国针灸的风暴。

Decisive victory

决胜

龙蛇较量之二

患者 M

四根长针,直入"阳白穴"和"太阳穴",医生捻针调试几次后,便打开了旁边的电针仪。刹那,电流通过针尖涌向她。她感觉很奇异,穴位并不是很痛,略微胀麻,这胀麻感又游走整个半身。通电 30 分钟,手术开始了。

手术台上的女性患者,时年 56 岁。

报刊并未透露其名字,我们姑且唤她 M 女士。这位 M 女士因为脖颈处长了良性肿瘤,遂前来就医。医生与她交流,问这次手术是否想做些新的尝试,用针刺麻醉替代药物麻醉。这种方法在中国很盛行。如果出现疼痛,我们会及时停止。

基于对麻醉药副作用的担心，她同意了。

1972年4月，密歇根州，诺斯维尔州立医院（Northville state Hospital）手术室内，M女士似乎已经进入局部麻醉状态。手术不允许"似乎"存在，医生为确认效果，故意用针戳了戳她的脖颈。

M女士完全没知觉。医生这才放心，按流程切开患处，找到肿瘤的具体位置。其实，M女士还是有些紧张的，柳叶刀就在她眼皮底下晃来晃去，而自己却没有打一丁点儿麻醉药，说出去估计没有人敢相信。

忽然，她觉得很渴。也许是记者提问得太频繁，从来没被这么多人同时关注，手术中的M女士过了把明星瘾。

M女士的手术，院方邀请到当地记者前来观摩。记者看解剖外星人般，不停地问：真的没感觉吗？M女士重复回答：真的没有感觉。

她的话千真万确，否则"裸奔式开刀"，除了超人，大概没有谁能承受刀锋之利。护士端来了一杯橘子汁。在旁人的帮助下，M女士缓缓坐起来，小口喝尽。

再次躺下后不久，M女士的肿瘤就被割除了。她的手术还算完美。

这并不是美国本土首次进行针麻操作，芝加哥韦斯纪念医院、纽约布鲁克林区的下城医院等，在某些手术中都做过类似的"试验"。

难能可贵的是，诺斯维尔州立医院的作风向来传统，而且它身处典型的美国老派地区，民众思想守旧，极不容易接受新鲜事物。住在这一地区的M女士却肯答应针刺麻醉，算中医针灸全面介入美国民众生活的一个注脚。

70年代初，有多少美国医生对针灸产生兴趣，投身临床试验？白宫的一则发言，为我们留下数据想象空间。

白宫称：数以百计的医生对针刺麻醉表达强烈的兴趣。美国麻醉医师协会（ASA）和美国国立卫生研究院（NIH）正计划与中国方面沟通，希望能派遣麻醉师和其他不同领域的医生到中国学习"针麻"，学期为18～24个月。学成后，再训练自己的医生。

尼克松总统访华，针灸在美国回魂，仿佛为19世纪20年代巴奇·富兰克林的研究，续上香火。亦可谓现实意义的中医传美。

1972年5月，正式的针灸演示首次在旧金山举行。斯坦福大学也紧随其后，举办了一场针灸讲座，现场被1500名医生挤得水泄不通。他们此次前来，想更深一层地理解神奇的中国医术。而仅相隔2个月，美国国立卫生研究院（NIH）同意资助"针灸代替外科麻醉"的科研项目。

那时，美国一部分学者及从业者暂且搁置"西医芥蒂"，从学术和可行性层面主动探索针灸。当然，在西医为主体的美国社会，从不缺乏对中医的质疑，有一部分人群积极发声唱衰中医。

亚瑟·陶布（Arthur·Taub）是耶鲁大学医学院神经外科研究实验室主任。他曾严词反对中医，称"针灸基于完全缺乏科学基础的系统，相当于安慰剂。授予研究针麻基金，为时尚早"。许多对抗疗法的医生点赞陶布，他们像一个反中医联盟。

舆论之乱，ASA坐不稳了，它必须发表声明，以正视听。以下，我们截取声明原文的片段。

美国医学的安全建立在对每一项医疗技术广泛使用之前都要进行科学评价，不成熟地使用针刺麻醉在目前背离这一传统方式。

一项在中国有几千年发展史、具有潜在价值的技术现在正被草率地使用，对于安全和危害没有考量。在诸多可能的潜在危害中，其中之一，使用时没有对患者进行适当的心理评价。如果患者不加区分应用针灸，可能会对其造成严重的精神创伤。其他危害包括被庸医滥用……使患者延误接受有效医学疗法。广泛使用可能误导公众相信针灸能治疗所有不适之症。

针灸可能确实有些价值，也会在美国医学中找到重要位置。其位置只能经过多年客观的评价来决定。

学会认为，美国应该派出包括麻醉医生、神经生理学家、精神科医生、外科医生及医学催眠师在内的科学团队访问中国，在官方支持下，不限定期限，对针灸长期和认真的研究。

ASA并没有一票否决中医。但态度亦很明确，针灸的"价值"和医学上的"位置"，要由美国的评价体系衡量。不同文化背景下的医学体系，理念冲突在所难免。这也为后来针灸医生奔走四方，决然以法律保护中医权益空出留白。

中西医理念固然有差异，问题在于不能将自己的理解强加于他人身上，并断定这是唯一正确的。理念上的赞同任重而道远。所以双手捂住法律，先让中医合法行医，好似以退一步的方式争取相互理解的时间差。不然，中医在美国学界看来终究是一场荒腔走板的闹剧。

颇为讽刺的是，当美国学界权威悉数卷入到这场关于中医的争论之中，美国民众却奔向唐人街，曾经在阴暗房间拿着长针的华裔老人，一夜身价飙升，由窗下无人问至人红车马喧。

唐人街根本满足不了市场供需。针灸诊所相继开张纳客，很多所谓的亚洲大夫从世界各地应邀而来。有的诊所专门租赁大巴车统一集合患者去看病。

诊所患者如鱼贯，针灸大夫忙到连拔针的时间都没有。在当时的美国民众眼里，只要长着东方面孔，不能说英文，手持长针的……都是能创造神迹的针灸医生。

报纸期刊亦不甘寂寞，鼓足力气推波助澜。甚至有记者匆匆飞往中国台湾，一边亲身求医治病，一边撰写报道。1973 年 2 月，查理·福克斯（Charlie Fox）有篇题目为《针灸，来自东方的疗法》的报道刊登在《真实》期刊。

查理·福克斯

要不是罗森堡（Rosenhurg）满面春风，笑容灿烂，福克斯会以为忽然闯入候诊室的白发老人是来捣乱的。1972年，台北的某个午后，福克斯找到吴惠平的诊所，他还没坐稳，罗森堡就冲了进来。

老人嗓门大，高声嚷道：快，快告诉吴医生，我打了高尔夫球。

罗森堡的愉悦溢于言表，仿佛新芽从干枯已久的枝干上冒出，重生一般。福克斯出于职业本能，确认这位老人将会是自己抵达中国台湾后的首位采访对象。

同样是来自美国，问出老人的信息并不难。罗森堡生活在曼哈顿，有自己的服装公司，日子安稳而富足。与福克斯聊天的时候，罗森堡的兴奋尚未退潮，好像宣判无期，又因证据不足被释放。这种感觉，只有患者能懂。

福克斯懂得。

他认真倾听罗森堡的自述：我起初只是右侧肩膀滑囊炎，很快，病情发展到两侧肩膀、膝关节和手腕，很痛很痛，别说举高尔夫球杆了，我连扣子都没法自己扣。我天生热爱运动，可身体状况对我来说就是一场灾难。

罗森堡去做检查，医生很肯定他患上了类风湿关节炎。他旋即问：我该怎么治疗呢？医生回答：你要适应带病生活。言外之意，无法治愈。

福克斯如同亲临罗森堡的诊断现场。不久前，纽约还是夏天的时候，他感觉自己的右手和前臂时常发麻。福克斯前往医院，医生对他说：你患上了多发性硬化病，需要立即住院。

福克斯当时的感受犹如夏天忽然落雪。很多时候，人不是病倒的，是被吓倒的。

住院期间，福克斯的左半边身体动弹不得。1万美元的住院费花出去，不但没治好他的硬化病，反而增添了其他病灶，他的小脚趾也开始有麻痹感。

西医束手无策，将康复的责任踢还给患者。两位美国病友在中国台湾邂逅，分外亲切。除了患者身份，福克斯还是个记者，他接受了《真实》期刊的约稿，前来报道中医针灸。

四周萦绕着干草的味道，那味道从巨大药橱里飘出。福克斯经过药橱，来到吴惠平的办公室。办公室不大，绿漆墙面，墙上挂满患者的致谢信和照片。

福克斯靠近,看见照片中不乏国际大人物。

若论中西医最浅显的区别,福克斯觉得是中医大夫看起来不那么冷冰冰。医生首先是人,然后才是一份职业。吴惠平更像一个脸上有温度,说话轻声细语,如春风一般的普通人。

那时,台湾的中医降格为百姓的"B 计划"。西医治不好,再选择中医。而对于被西医下达"必须适应带病生活"审判的福克斯们,中医则是唯一的希望。

每周大约 30 名西方患者从各地赶来就医。吴惠平从不拒绝来客,他说:假如连我都不帮忙,就真的没人会帮他们了。这倒不是在打慈悲牌,吴惠平医术精湛,罗森堡只接受了一次针灸治疗,痛楚便无影踪。

慈待世间,悲悯他者,是中医的品格,几千年来不曾消磨。中医大夫无论驻足东方抑或远渡重洋,品格不灭,风骨仍在。

福克斯如实告知病情,吴惠平为他切脉,细心解释病因。在福克斯的理解里,吴惠平关于疾病溯源的话术与西医完全不同。吴惠平微笑道:你是受了风邪,波及膀胱、胆和肾脏。

下一个场景,对于福克斯来说过于惊悚。16 根针刺进自己的身体,肚脐下有个穴位,入针足足 1 英寸。

当精神适应了银针，他感觉到针尖击破表皮，深入穴位。吴惠平捻针时，才些许有点胀感。

扎手指穴位之前，吴惠平提醒他指端穴位比较敏感。福克斯瞬间屏住呼吸，倒不是怕，他惊讶地看到旁边的中医大夫正将约16寸的长针插入患者臀部，患者却表现出享受的样子。这时，吴惠平果断施针，福克斯哎呦一声收回目光。他这才体会到吴惠平所说的指端最敏感。

烧艾不必吴惠平亲自出马，由他的学生操作。燃烧的艾条顶在针柄之上。从没有过的温热袭遍福克斯全身，温热感柔软了他的神经，他仿佛踏着白色烟尘，步入空冥状态。

仿佛死去的身体被唤醒。一年多了，福克斯终于找回了手和脚。不，是他的手和脚迷路了，被针灸召回身体。他做出决定，无论花费多长时间，也要彻底把病治好再离开。10天后，除了左手，福克斯其余部位完好如初。

这些天，福克斯在治病之余做了大量采访工作。吴惠平检查病情的方法，依循古老传统——问诊、舌诊及脉诊。吴惠平说：只要不在晚期，患者的类风湿关节炎、高血压、瘫痪，甚至癌症……针灸都能治疗。

吴惠平的论断尚未经过严密的"科学"统计，但诊所里患者们脸上写满了比统计还要可靠的大数据。他们，包括福克斯，就是"中医科学"的见证者。

福克斯把《针灸，来自东方的疗法》发回美国，先在编辑部引发了一波小高潮。执行编辑读过后按捺不住，立刻带着妻子飞往台北。

能治好病，是任何医学的硬道理。

编辑的妻子患顽疾多年，亟须延医调理。他们在台北逗留20多天，编辑记录下吴惠平医生为其妻子治疗的点滴细节。回国前，编辑问：能不能介绍一位在美国的针灸医生，他们可以继续治疗。吴惠平回答：没有我信任的人。如果美国政府能让针灸合法化，好的针灸医生就能到那边出诊了。

美国中医针灸合法化——吴惠平医生切中要害，针灸、拔罐、刮痧、推拿……中医疗法，很多是家传手艺，代代承袭，不必资格认证。而美国针灸热潮来得太突然，从业者猝不及防。他们入了乡，却没能随俗。

缺乏对美国医疗职业规范的了解，使他们鲜少持有行医资格。"全无资质"和"利益挤兑"这两条理由，像绝命手铐。纽约医学协会连日开会，筹谋阻止针灸行医的对策。西医界带起"针灸不是阿司匹林"的舆论节奏，同时向政府施压，建议迅速立法，规定针灸行医者必须具备美国医学博士资质。

针灸医生错过了"合法"时机，落于被动，致使全美出现本书开篇描述的黑暗场面。AMA 不仅限制中医，针灸也被连坐。

美国食品药品管理局（FDA），于 1973 年限制针灸"针"运入美国港口。没有针，谈何针灸？如果把针灸医生比作士兵，针就是武器，没等士兵上战场，他们的武器就被收缴了，结果只有丢盔卸甲。

世界不只准备了梦想、财富和荣耀，也为中医准备了逆境。逆境有时催促我们摆脱平庸，像一剂苦药，难以下咽却效如桴鼓。美国的中医们，在逆境中由散兵游勇渐渐凝聚起来，抱团执炬，为自己正名，为中医正名。

远在中国台湾的吴惠平感叹立法问题的同时，美国内华达州卡森城内，一项关于中医法案的投票即将出炉。陆易公和斯坦伯格的心几乎提到了嗓子眼儿，他们努力良久，参议院是否能通过"针灸和中医行医合法提案 S.B 448"？

距答案揭晓，只剩下 1 分钟。

我们的胜利志

约翰·沙迪

两座大楼隔路相望,俨然一场拔河游戏。1973年3月,总有很多云覆盖在卡森城上空,气温降至零下。乍暖还寒,却不妨碍奥姆斯大厦会议室内人头攒动。患者只看到陆易公埋头施针,似乎这个老人永远不会懈怠。

可他们看不到陆易公内心的焦灼。对面,立法会的投票正在进行。

自从AMA盯上针灸后,中医急如丧家犬,在以法律名义追缴中,惶惶奔逃,不可终日。法律的事情,要以法律伸张。中医在美国的问题,始终要在美国解决。

斯坦伯格、布朗和乔伊斯等用尽了人脉，争取到针灸公开演示许可，陆易公才有可能以最直接、最实惠、最真诚的方式，让内华达州的民众体验针灸效果。

很多人从观望，到逐渐信任。

中医法案于内华达州能否顺利通过？陆易公向外望去，他多渴望自己的目光能延伸进立法会那半圆式的窗户。里面有多少人为中医投了票，又有多少人反对？

约翰·沙迪（John Sande）站了出来，急切地说：我们对针灸知之甚少，这是未经证实的医疗，应该先进行研究，再谈合法化问题。他的说辞，即 AMA 标准版本。

旁边的参议员实在听不下去了，打断他：你们医生一直在故意拖延，我们这些议员要给你们做个示范，看看这件事到底该怎么做！

沙迪很不服气，准备反唇相讥。这时，议会主席开口了，话锋指向他：你只有 30 分钟的时间。快点说。

他竟然成了少数派，沙迪发觉，几天的工夫，绝大多数议员都倒向中医。

这个功劳归于陆易公。

在3月19日至4月6日公开演示期间，不仅民众，连议员们都改变了对针灸的态度。内华达州60位立法委员，近半数接受过针灸治疗。也就是说，陆易公用实际行动收获了近30位立法委员"中医粉"。千言万语，终抵不过针到病除。

议员秘书观察到，选民蜂拥而至，恳求自己的议会代表为他们预约针灸治疗，并希望延时公示。秘书自语道：宛如天使降临。

中医从不假借神的名义加冕，而是靠真实疗效。而擅长实证的美国人以"身见"为准，内华达州民众由衷地认可了针灸。

只有顽固派还在逞强，大声质问立法委员说：作为手中有投票权的你们，竟然去接受免费治疗，我怀疑这种行为是否公正。

面对质疑，议员们出奇的坦荡。威廉·瑞格吉（William Raggio）向记者解释道：我不懂针灸，周围人也不懂。想了解它最好的办法就是自己尝试。

参议员们交上答卷。投票结果被公布——20∶0。

参议院全票通过"中医合法化"提案，西医代表沙迪铩羽，输下一局。

立法院对面的陆易公得知投票结果，欢欣鼓舞。

但包括斯坦伯格在内,他们知道现在还不是庆祝的时候。参议院投票完胜,接下来要过州众议会大关。

马里恩·贝内特

马里恩·贝内特(Marion Bennett)很少像今天这样激动。他是拉斯维加斯民主党人,又以内华达州众议院健康与福利委员会主席的身份提出"中医法案"。

大概是黑人的缘故,在种族主义被美国主流牢牢掌控的彼时,他对待中医格外公允。他高声对议长说:我们将要辩论的法案是独一无二的。

席间依然有零星反对者。贝内特不示弱:被针灸治好的患者们就是活生生的例子,他们都可以证明针灸有效。接下来,他的发言极具演讲效果。他说:针灸是患者的希望、穷人的梦想。我请求让法案尽快通过。

这段话引起了骚动,议员们窃窃私语。

因为贝内特道出谜底。中医针灸在美国铺天盖地的风行,有上层原因、时代背景,亦有底层逻辑。它经济又实惠,为看不起病的美国草根开拓出一条解决困境的途径。本质上,中医和西医并不冲突,它们完全可以互为补充。贝内特认清了这一点。

众议员们也认清了这一点。34∶2，中医毫无悬念地又将一张通关绿卡收入囊中。2张反对票，均出自西医议员。

民众不再信任西医议员了。参众两院的议员们以票数表明立场。"针灸和中医行医合法化提案"在内华达州落锤成音，仅仅差一个签字，州长迈克·奥卡拉汉的签字。

迈克·奥卡拉汉

大局将定。AMA抓紧时间反击，他们站在道德堡垒之上，发起异常凶猛的舆论战。AMA公开批评内华达州立法委员，指责他们投票给中医合法化法案，完全无视所有理由，极其不负责任。

身为内华达州医学协会会长的约翰·沙迪，则迅速配合医学会行动。他敲开了州长的办公室大门。长条桌另一端的奥卡拉汉，听着沙迪言辞凛然：最好能否决这个中医合法化法案。语气好像在下达通牒，而非游说。

州长心知肚明，沙迪不过是传话的人，真正施加压力的是AMA。它们的势力在各领域延展，不容小觑。

奥卡拉汉也不是软柿子，只淡淡地对沙迪说：你来得太晚了。

可以想象，"来得太晚"灌入沙迪耳畔，他瞬时露出错愕的表情。原来，没等他"上访"，奥卡拉汉已经签好了字。他的动作比 AMA 的反击快上一步。

"S.B 448 法案"正式生效，意味着 1973 年 4 月 20 日，美国首部《中医法》正式诞生。

3 天后，《时代周刊》抢先把这一事件以报道方式传向全美。文章《针灸在内华达》内容如下。

> 内华达州通过了美国第一个法案，承认中国医学为"专业职业"（learned profession），州立法委员会几乎全票通过，将针灸、中草药及其他中医疗法合法化。此法案来自州参议院"448 号"提案，经由参众两院通过，法案要求成立独立的州中医管理委员会，允许没有医生执照的专业人士申请针灸、中草药和中医执照，合法行医。这种用法律的方式保护中医行医的权力和民众选择中医的自由，在美国历史上还是第一次。

针灸和中医行医在内华达州获得合法地位，好似一剂独参汤，调动起美国各地中医的精气神。至暗时

刻,即便细微星光,也能为泥足跋涉的人们召唤力量。

微光引路,照亮万里针途。全美中医不再迷茫。

被迫搬离伯克利的路易斯·刘,听闻立法成功的新闻,一时不知做点什么好,就大大拥抱好友巴尔默和诺顿。他看到了前方的希望,说:我要在内华达州开诊所,不仅如此,每座城市都要开一家中医诊所。

AMA见无法阻止中医立法,便试图妄加罪名于内华达州,污蔑立法动机,以混淆视听。他们扬言,奥卡拉汉之所以肯签字,因为这是一个"医旅"项目。

内华达州拥有罪恶又美妙的拉斯维加斯。法案推进,游客在享受豪华酒店、观看赌场表演后,就可以预约具有传奇色彩的中医,完成他们的针灸治疗。实在是"游赌医"一条龙服务。西医界预判,该州的旅游政策不久将公布于世。

简而言之,内华达州的中医立法看起来出自于公益,背后却是满满的生意。流言四起,奥卡拉汉很清楚是谁在捣鬼。他选择正面应对,公开表示:我们从不缺少游客。去年单拉斯维加斯市的游客量就超过了夏威夷或佛罗里达。中医法案的通过,完全为了帮助民众减轻痛苦。

发声之后，州长似乎还没过瘾，直接指向 AMA 的脊梁骨呛声，道：那些称内华达州是"噱头州"的人，要么出于嫉妒，要么根本不能理解。

奥卡拉汉口中那句"根本不能理解"，正是触动内华达州中医立法格局的重要转折。起初，斯坦伯格想和州医疗机构合作，完成中医法案的提交。倘或按照这个剧情发展，双方必定有商讨和让步，很大概率上中医针灸还是要在西医的指导下实施。但行医管理委员会不肯听他的陈述，把路死死堵住。

斯坦伯格几乎绝望了。世上没有绝望的事，只有绝望的人。走入绝境，他另辟蹊径，决意彻底抛弃西医，独自立法。

如同典范般，"S.B 448 法案"明确承认内华达州的中医具备独立地位。至此，中医冲破了西医茧房，最大限度地保全了自身的纯粹性。我们进一步阐释内华达的法案，即相对于西医，中医是另外的医疗体系，有着属于自己的理论和实践。

更醒目的是，该州合法化的提案内赫然写着"中医"。中医，则不止针灸，亦囊括中药等。

AMA 系统横加干涉，反而促成了一桩完美的中医法案。有些西医深受打击，他们静下来思考，纷纷提出建议：这次是民众对自己医生的不信任投票。为弥合裂痕，西医必须增加全科医生，重新拉拢公众，而不是过分依赖技术和专业，忽视了人文关怀。

在全美增加全科医生，并非朝夕之事。而内华达州的中医法案却仿佛一部系列剧，尚未完结。1973年4—5月，奥卡拉汉任命了5位中医管理委员会委员，包括律师、医疗管理官员、执业医生、教授及民众代表。同期还任命了5位中医顾问委员会委员，陆易公为其中之一。

内华达州的中医们拥有了自己的协会，靠个体谋生的日子一去不返。再面对西医界编织的谎言和危机时，中医不再躲闪，因为我们有一支队伍。

5月15日，该州中医管理委员会召开会议，讨论中医执照申请的方式。规定所有申请人均要通过委员会的专门考试。考试内容和执照分4类：中医、针灸、中草药和针灸助理。

同年12月，内华达州举行中医考试。考试分笔试和面试两部分。笔试考核西医医学基础、中药、针灸；面试部分需要申请人用英语对答与临床实践操作。

2年后，也就是1975年，该项法案再次升级。内华达州修改了中医的定义，更名为"东方医学"，拓宽了医学的边界。

修改法案还要求保险公司支付针灸治疗费用。这项条款具有划时代意义，是州政府从对中医合法性认同到重视的过渡。

不得不说，内华达州足够理解生命之难，才让更多人拿到中医治疗的入场券。

内华达州的中医立法成功，其他州政府并没有太认真对待。毕竟"强盗州"不比纽约等，筑在美国人的心尖上。却不想几个月光景，俄勒冈州和马里兰州也通过了类似的法律。5年之内，有9个州制订了承认针灸执业许可法。

70年代末，全美又不断涌现针灸文凭课程。到了1980年，曾经的反针灸人士，态度发生了180°反转，终于承认针灸的好处。正如得克萨斯州的某位法官所言：看来，实验性的不是针灸，而是西方人对中医针灸的理解。

不可否认，近代中医在美国被认同的速度，要比另外那些非常规医疗快，甚至中医从某些层面改变了西医对生物医学范式的看法。西医之蛇，弹压中医几个世纪，仿佛是为了越来越靠近中医，更懂得彼此。

陆易公

陆易公甚至不记得这段时间里，他具体为多少位患者施以针灸。每天的奥姆斯大厦会议室，人多得就像庙会。而当"S.B 448 法案"通过的消息从对街传来，他收拾针具，缓缓走回房间，倒头大睡两天两夜。

想必梦境里充满了香甜味道。他和斯坦伯格等人敲开了一扇死门，为美国中医赢得了生机。陆易公做了个好榜样，使众人明白一个道理，仅靠口碑是不够的，想在美国名正言顺行医，要先穿上"白大褂"，即顺应美国的规则，让中医立法，取得执业资格。陆易公则是世界范围内获得针灸执业资格的第一人。

后来的陆易公再没有离开内华达州，晚年于拉斯维加斯行医，并继续为中医立法奔波效力。这一次的立法成功改变了他的生活曲线。1979 年 8 月，得克萨斯州高温 35℃，陆易公站在得州联邦地方法院，当庭为中医答辩。

面对习以为常的质疑，他拿出病房平日摄录的医案及电脑记录，向议员们展示针灸疗效。这一天，他仿佛又穿越回内华达州的那个早春。

患者无问中西，他们眼中只有治好病的"医"。陆易公让美国人看到了能治好病的中医。鉴于此，1992年7月16日，内华达州州长宣布该日为"陆易公医师日"，嘉许他为"杰出居民"，且授衔"内州东方医学之父"。

那一日，正是陆易公的八十寿辰。

2004年1月17日，陆易公于拉斯维加斯逝世，享年91岁。

人故去，并不似灯灭，其经历会被活着的人牵念。

内华达州第76届立法大会，通过了表彰及纪念这位医疗界领袖的提案。议员们认为，他的离开是内华达州的巨大损失，政府予以深切哀悼。

一个人的全部生命像写满岁月的巨著，每页落笔都是一段故事。20世纪70年代初，针灸在美国的信誉和声誉，某些程度上都要归功于陆易公。他完结了自己的生命之书，但中医故事仍在继续。

保罗·罗特·沃尔普

社会学家保罗·罗特·沃尔普（Paul Root Wolpe）是善于在理论世界呼风唤雨的人。他曾抛出预言：针灸的前景会很暗淡，即将在美国消亡。

一名学者的言论是知识和眼界的延伸。沃尔普观察到，80年代中期美国生物医学界忽然对针灸失去了兴趣，它的实用性随之降维，落入卑微的疼痛控制领域。那时，许多西医盖棺定论：针灸于他们的医学界几乎没有贡献。

在来不及立法的各州，AMA加快控制针灸实践自由的速度，要求只能在西医或在医生监督下的研究环境中操作。

正是带有独裁色彩的封锁浪潮，让沃尔普认定中医衰亡不会再有变数。可惜，他的预言并没有应验。社会学家忽略了一种声音，那是在内华达州立法会上马里恩·贝内特议员提到的声音——穷人。

贝内特说：针灸是穷人的梦想。这些美国人恰恰是中医的拥护者。

在制订个人和家庭护理方案时，民众对治病疗效通常有着自己的标准。西医学界弃如敝屣的针灸被他们双手拾起，视如珍宝。

同一个美国，截然相反的态度。大概高高在上的学界没有做足调研。阶层割裂了，声音没办法全域传达。不同阶层的人难以彼此懂得，继而理解。沃尔普想当然地删除了庞大的基层民众的声音。正是他们，不允许针灸无端消亡。

中医只会越来越盛行，扎根美国的土壤，开出绚烂的花来。

与草根热情相呼应，有一支顽强的队伍孜孜不倦地推动着美国各地区中医合法化，以及合法后的修正进程。这支队伍在州与州之间打下一枚楔子。他们既不与生物医学对立，又誓要捍卫中医的"个性"。

他们重新定义自己为"补充"医疗，再解构"补充"，将中医迎上独立科学的位置。循序而行，渐进为之，这是东方的谋略和智慧。

没有一种医学是孤岛，区隔岛屿的只有世俗观念之海。当海水退却，岛屿就连成了整片大陆。那是人类栖息的地方。

Journey to the future

前路

纽约州，从至暗时刻到有法可依

洪伯荣

在美国，从事任何一门行业都要有执照，而获得执照必须通过考试，考试则由该行业的管理机构组织进行。20世纪70年代初，医学协会揪住这项美国行业铁律，打得纽约州的中医们措手不及。而随着"针灸热潮"一并火起来的诊所和针灸医生，基本可以算作"三无"。

暂时败北，实属必然。

驱赶与压迫，孕育着反抗和崛起。洪伯荣叩开纽约市长办公室大门，他很想解决中医合法执业的问题。市长很简洁地答复他：我没有这个权利。说完，又好心补充道：但是州长有。

1973—1974年，纽约州的州长是纳尔逊·奥尔德里奇·洛克菲勒（Nelson Aldrich Rockefeller）。

洪伯荣旋即打消了立法念头。他清楚，在洛克菲勒任期内争取中医合法权益等同白费功夫。这位州长自己手里就握着很多制药公司的股票。

他的政治，是一桩交易。

洪伯荣还没傻到让洛克菲勒拱手相让自家生意的程度。多年的漂泊经验告诉他，想做成任何一件事情，时机很重要。时机里包含的更重要的因素是"人"。

人不对，一切皆妄谈。

好在纽约州核心人物洛克菲勒不久升迁，洪伯荣感觉时机到了。他想方设法接触到州长候选人休·凯里（Hugh Carey）。美国政治人物身后追随着大批利益团体。这不算什么秘密，竞选需要"烧钱"，候选人身后的团体在竞选之时扮演着政治人物的"财神"，美其名曰提供"政治献金"。

打引号的财神，终究不是传说中的真神，无私无己。当竞选成功，他们需要回收政治利息。洪伯荣做好了准备，当未来州长身后的"财神"，他想"赌一把"。

洪伯荣使出浑身解数，在患者间发动支持凯里运动。理由当然是大家都关心的中医立法问题，他的患者们大多来自美国和日本，属于中上层阶级。他们也有自己的社交圈。一个带一个，于是接二连三、牵五挂四地形成了州长的中医后援团。

单靠患者的呐喊，在选举中洪伯荣能为凯里提供的筹码明显不够，他必须找出加码的途径。筹码，即资金。他对凯里直言不讳：我提供资金，但如果您竞选成功当上了纽约州长，要在中医法案上签字。

休·凯里应允了。事情就这么愉快地决定了。

竞选结果还在路上，洪伯荣也没闲着。纽约华人中医开启集体游行模式，他参与其中，浩浩荡荡。他们不止一次上诉教育局，强烈要求保护针灸医生的正当权利，并呼吁政府颁发中医执业牌照。

当正常诉求无处伸张的时候，集体请愿成为一项直接且有效的提醒。提醒美国政府部门，在国家某个角落还存在弱势一方，而且这弱势一方没有被公正对待。

游行的队伍很长。中医的道路，始终在自己脚下。

1975年，洪伯荣赌赢了。休·凯里顺利当选纽约州州长。

政治世界没有免费的天使，执政期间的凯里须兑现他的诺言。很快，纽约州政府正式发放中医针灸执业牌照。

时隔 1 年，有大约 100 名针灸医生拿到执业牌照，他们是首批获得合法行医职业资格的人。合法行医，仿佛昨日还遥不可及，转眼奢望照进现实。纽约州的中医再也不必如老鼠般被驱赶。可他们只是向前迈了一小步，根本问题尚停留于原地。

当时纽约州的中医归入西医委员会（Board of Medicine）系统下。西医管理系统先天性地排斥针灸。实际操作中，当地中医与委员会摩擦不断，中医有苦难言。

迎面不合理，中医们彻底明白了，罗马城只有一个。通往罗马的条条大路，中医也只能走一个——内华达州的立法之路。

纽约州中医立法，是当地中医的当务之急。

丁景源

陆易公只身奔赴内华达州，像是生命的巧合。而丁景源却仿佛注定被命运推作纽约州中医立法的冲锋号手。此时的他，正在为玛丽·安妮·克鲁普萨克（Mary Anne Krupsak）检查腰部。他点了点头，将针刺入她的身体。

不久前，克鲁普萨克扭伤了腰，她去过好几家医院进行治疗，效果都不理想。兜兜转转，她找到丁景源医生。西医用尽手段后把中医踢出赛道，患者在屡治无效的关口总能想起针灸。哪里有疗效，哪里就有信任。

针灸没让克鲁普萨克失望，经过一段时间的治疗，她的腰痛痊愈了。很多美国人都是以治好病为起点，开始信任中医。克鲁普萨克亦如此，她对这门传统医学产生了极大兴趣和热情。

她的兴趣和热情成为纽约州中医立法的一座加油站。克鲁普萨克绝对有这个实力，因为她是纽约州副州长。

为帮助中医立法，克鲁普萨克动员全家上阵。她先拉丈夫埃德温·马戈利斯（Edwin Margolis）入伙，把他介绍给丁景源。马戈利斯是纽约州申诉法庭大法官。一来二去，丁景源和马戈利斯成了生活中的好朋友。

想必茶余闲谈之间，丁景源多次提到过纽约针灸医生面临的困境。妻子是中医受益者，马戈利斯则把困境记在心里。

转机出现在 1987 年初。在得知纽约州参议员、教育委员会主席詹姆斯·多诺万（James Donovan）被坐骨神经痛折磨得死去活来时，克鲁普萨克不厚道地笑了笑，机会来了。他把多诺万带到了丁景源医生的诊所。

同样一根针，刺入几处西方人怎么也闹不清的穴位，多诺万的病康复了。仿佛同样的剧本，在不同患者身上排演，最终都得到同样的掌声。丁景源的医术货真价实，成功引起几位州政府重量级官员的关注——对中医针灸的关注。

他们主动给丁景源出谋划策。1988 年 5 月 18 日，丁景源医生请多诺万代表州教育委员会，向参议院提案针灸立法。

根据纽约州法律规定，某项法案的设立需要参众两院通过，再由州长鉴字方能生效。那时的丁景源早已渗透进参众两院，议员多是他的患者。

至于能否通过，不言而喻。纽约州长马里奥·科莫（Mario Cuomo）大笔一挥，签好了字，针灸立法案生效。

那是1990年的事。

细论纽约州初始针灸法案，颇有遗憾。由于时代局限，法案实在没办法完全满足中医的发展需求。时间滚滚向前，法案内容亦该随之补充和增进。其实美国各州中医立法的过程皆为一段漫长旅程，也可以说是无限延伸的旅程。

2016年冬日，美国纽约州参议院通过了中医药、针灸的最新法案。

新法案规定将纽约州针灸医生的职业范围，从原来仅包括运用针刺或其他非药物手段，如机械、热或电刺激来治疗或预防疾病，扩展至可以推荐膳食补充剂和自然产品，且不限制推荐食品、草药和其他天然产品。

简单地说，除了针灸外，针灸医生还可以为患者开具中草药或药物制品。理解总如挤牙膏般一点点释放。这项新法案，等于又为中医拼图拼上了一角，加快了中医药全维度落户大都会纽约，美国的中医也更趋近于中国纯粹的模样。

截至2020年，美国的50个州和1个特区，已完成针灸立法管理的地区有48个（包含1个特区）。数字即现实。如今，全美地区在不同程度上承认中医针灸的合法，虽然联邦法案尚未产生，但从美国市场的需求和目前较为完善的管理模式看，联邦法案指日可待，只待洪伯荣口中的那个"时机"。

我们总结各州法案的共识，大体为：认可针灸是独立的医疗方法，给出相关法律定义；明确各州中医针灸执业管理机构；规范从业人员准入资格和考试方式；正式实行针灸从业者的管理条例。至于各中细节，每个州存在差异，甚至很大。

比如有关中草药的问题，部分州将使用权归进针灸立法之内，有些则不。目前，17个州允许针灸医生使用中草药，19个州则不允许。剩余12个州，规定针灸医生须通过专门中药学考试后，才可以使用中草药治疗患者。

美国中医的至暗时刻早成过往，但现实从未停止添置路障。中医道路依然崎岖，幸而中医人已在路上。路总会越走越宽敞的。

21世纪，中医的全新旅途

田小明

NIH 的医生们很冷漠，只回复说：我们一点也不了解针灸，更别说临床应用了。所以，田小明的提议被赤裸裸拒绝。这唤起他曾经的记忆，某次他和老师海斯科教授谈论中医针灸。教授诚恳道：我们是不会相信针灸的。

海斯科乃美国生化界权威人物，他的结论相当于 20 世纪 80 年代整个西医界的态度。而就在针灸波峰已过，渐渐跌入低谷的时候，田小明来到了美国。

他供职于著名的美国国立卫生研究院（NIH），研究骨关节病理、运动创伤、骨关节生化、超微结构及康复医学。不久，田小明发现了一个问题。

NIH 的临床中心根本找不到针灸的影子，而国内医院解决癌症患者放化疗后的副作用，采取中西医配合的方式，效果很好。

没有中医介入，田小明看到临床中心的患者们每天都在疼痛、呕吐、恶心等各种病痛的旋涡中煎熬，医生又拿不出合适的药物改善症状。倘若患者忍无可忍，放弃了治疗，NIH 的相关研究项目将会被终止。

于情于理，田小明都要站出来。他提议临床中心使用针灸治疗化疗副作用，结果换来对方的彻底否定。可在他心里，中医如高原，高原不会因为森林里树木茂盛就否定自己。田小明选择"申诉"，直接拜访 NIH 院长。

"我想用针灸治疗临床中心的患者，也希望 NIH 能资助针灸和中药研究。"田小明话音刚落，院长就拒绝了他：针灸我们早已研究过了。研究数据只能证明它没用，针灸大概是一种心理安慰作用吧，所以我们不再考虑。

田小明控制住错愕的表情，他尽量保持平和，继续解释道：中国医院里都设有中医科，中西医结合治疗对患者有好处。院长听罢，摆摆手，笑容有些僵硬，他说：除了上帝，谁来 NIH，都必须拿出数据。

院长戳中了田小明的死穴，或者说戳中了中医在美国的死穴。NIH只接受单盲和双盲临床试验结论，而对照组和治疗组的差异没有统计学意义，即不被承认。

那时，中医临床研究很少能够达到西医试验数据的及格线。

任何医疗手段在拿到确凿证据之前不能轻易实施。西方有西方的价值，东方有东方的真理。田小明暂时无能为力，但他清楚中医针灸若想在美国彻底立足，绕不过NIH这片大海。

原因很简单，NIH是美国西医界的最高权威机构，领导、资助着全美医学研究的总体发展。实际上，它亦是美国卫生福利部的主体，其院长和癌症研究所所长向来由美国总统亲自任命。其能量之大，不言而喻。

NIH这片大海，也许是难以飞跃的惊涛，也许是推中医一把的浪花。

后来，一个机会如蝴蝶般翩然而至。世界卫生组织（WHO）为推广传统医学在美国发展，向NIH抛去橄榄枝。NIH鲜少拒绝WHO的邀请。

传统医学当然包含中医。项目随即成立，WHO需要若干官员推动进程，田小明被任命为传统医学顾问。

新的身份，使他在研究院名正言顺地可以展开中医治疗骨关节病的研究，兼推广针灸。

既然双、单盲试验追不上中医的科学，田小明和妻子商量，不如自己开一家中医诊所，以临床疗效验证中医针灸的可行性和安全性。

1986年，他的中医诊所开业了。

诊所的首批患者均由田小明的同事推荐而来。NIH医生虽然理论上不承认针灸，但他们并不排斥"治好病"这件事。中医诊所瞬间成为研究院临床中心疑难杂症收容所。各个阶层、各类职业、各种肤色，从普通民众到奥运冠军，至亿万富翁……田小明每天忙碌于患者之间。

针灸面前，患者没有社会属性，只有疾病差别。正如他所料，针灸对大多数患者的疗效显著。中医被他们赋予了神奇而伟大的力量。

患者接踵前来，不过眼下这波患者不同往日，他们是医生小团体及其家属。田小明倒不怕给医生治病，只是肩上仿佛担负起了另一份沉重。治好他们，有助于增加专业领域人士对针灸的认同感，意义深远。

他心态很轻松，因为中医即是田小明的底气。他说：后来不少患者成了我的好朋友。自己的病被治好了，很自然地在同事和患者之间宣传针灸。

由个人到群体的口碑，引起了华盛顿主流社会青睐。田小明的患者构成里，有权威专家、参议员、众议员、部长，甚至白宫官员多了起来。

有人康复后，自告奋勇地在国会上发表讲话，向总统推荐中医针灸的效果，还重点指出：中医针灸是美国医政改革的一个重要方向。

人类从不缺少观念争执，本质上又是利己的。政界精英们之所以呼吁针灸立法，是因为明白中医对美国和美国人有利。

气氛烘托得足够高涨，NIH 临床中心主任戴柯转变口风，他说：我们还是没有太多证据作为评估，但针灸似乎比较安全。我看田小明是个最可信赖的人选，那我们就开始试试针灸吧。有了著名的内科和风湿病权威戴柯的金口玉言，NIH 临床中心遂聘请田小明为"中医针灸临床顾问"。

这个顾问的含金量与神经外科、骨科主任医师齐名。

1991 年春天，中医针灸作为医学在 NIH 临床中心博得一席之地。西医最高殿堂点了头，中医这只蝴蝶总算飞跃沧海，乘着浪花飞向远方。

相较于80年代中医被美国西医界彻底透明化。90年代初，中医仿佛伴随着第一个春天醒来，枝头含苞，花意满满。满园春色绽放于1991年。

5月，国会决定在NIH设立"替代医学"办公室（OAM）。美国这个不善于造词的国度，创造了"替代医学"。

新词代表着一种概念，NIH将10种传统医学装进替代医学口袋里，以方便管理。后来，这个新词的边界有所扩容——相对主流医学，其他一切医学体系及治疗手段都被归入另类医学，或补充医学和替代医学（CAM）。

细分两者的区别：对西医治疗起辅助作用的均称为补充医学（CM），如自然疗法、整脊疗法、顺势疗法等；具备完整医学理论和实践体系，有独特文化传承背景，与主流平行的称之为替代医学（AM），如中医药学和印度草药医学。

随后的1994年10月，美国国会批准了关于食品中医药学被列入美国替代医学。

添加剂法案（DSHEA），将维生素、矿物质、微量元素、中草药及健康食品均划归膳食补充品（DS）范畴，由美国食品药品管理局（FDA）监管。

该法案不仅保证了中草药在美国的使用问题，同时扫清中草药产品研发和销售屏障。中医的美国产业之路，渐渐铺就。

田小明按捺不住内心的激动，即将召开的"NIH针灸初步评估工作会议"将是十字路口。向左抑或往右，决定着美国中医的未来。

这次会议有43名专家与会。除美国医生，英国牛津大学和剑桥大学的中西医结合专家亦远道而来。评估会的议题是严肃的，会场却是热闹的。专家们纷纷拿出自己所研究的数据。评估结果揭晓了：中医针灸具有重要医疗价值。

田小明在NIH临床中心治疗患者的成绩优异，也意外受到大家赞扬。

世上最动人的话语莫过于"我理解你"。曾经，针灸随传教士们的译著逆流传入欧洲，并非自愿走进"医学斗兽场"。18—19世纪，中医又被劳工揣进兜里，作为保命利器，辗转进入美国。一时，"龙蛇较量"堪比好莱坞电影。

中西医相对而坐，好好说句话，竟用了近6个世纪的筹备。6个世纪，中医在异国他乡，真正意义上邂逅西医的理解。岁月匆匆，中医变了吗？

显然没有。是西方医学界终于找到了中医的密码本，他们终于跟上了古老中医的脚步。1996年，FDA批准针灸针为医疗器械，使之流通无碍。1年后，NIH在马里兰州总部召开"针灸共识听证会"，仅听众就达到1200人。

听证会各方专家云集，包括3名中国大陆学者也应邀发言，报告多年研究成果。最后评定委员撰写的《有关针灸的共识声明》，由NIH出版发行。

公告发行范围乃全世界。内容如下。

针灸作为一种疗法在美国已经广泛使用。虽然过去曾有许多关于针灸疗效的研究，但由于实验设计、样本数字和其他因素等问题，很多研究报告的结果模棱两可。针灸的特殊性使其临床研究在选择对照组时变得更加复杂，比如如何设立安慰剂和假针灸对照组问题。

最近的一些研究为证实针灸的疗效带来了希望，临床研究证明用针灸治疗手术后和化疗导致的恶心和呕吐,以及口腔手术后的牙痛确有疗效。对于其他疾病的治疗,如戒毒、中风康复、头痛、痛经、网球肘、纤维肌瘤痛、肌筋膜痛、骨关节炎、腰痛、腕管综合征及哮喘,针灸可以作为复合疗法或替代疗法,亦可作为综合疗法之一。进一步的科学研究很可能会发现更多的针灸有效领域。

基础研究已经发现针灸的一些原理,这包括针刺引起神经中枢系统和周围神经释放脑啡肽和其他肽片,以及改变神经内分泌的功能。

将针灸纳入治疗方法中方便大众选择还处于初级阶段,相关的职业训练、资质管理、保险支付等问题还需要澄清。

有足够证据表明,将针灸的使用扩展到正统学院领域和进一步研究针灸的生理和临床应用是有价值的。

中医打通西医界的任督二脉,所谓双单盲试验再也不构成判定中医为伪科学的死穴。死穴,被美国人自己解开了。如果说很长一段时间,对待中医针灸,美国社会都是自下而上的热情,那么这次则是上下齐飞的春潮。

同在 20 世纪 90 年代，美国民众似乎受够了化学合成剂的危险，慢慢回归本源。根据美国国家医学研究院统计，1990—1997 年，造访补充和替代医学的总人数增加了 47%。1997 年，美国有 1/3 的成年人接受补充和替代治疗，大约有 629 万人。

新形成的主流意识，时时催动上层建筑。1998 年，美国医改迎来进阶时段，白宫和国会支持 NIH 成立独立的补充替代医学研究中心（NCCAM）。

西医界首次接受外来医学，诚然是在美中医的普天喜事。中医的金身被他们亲手擦亮。可 AM 同样是局限，美国中医的下一程，指向独立学科地位。

迈扎特·迈克尔

一代人有一代人的认知。21 世纪的美国人不像 20 世纪 90 年代那样热衷于返璞归真，而是仰仗镇痛药物生活。

众所周知，镇痛药不能真的治愈疾病，甚至可能把个人和社会拖入泥潭。21 世纪的美国，"阿片类"药物成瘾的危机蓄势暴发。

"阿片类"药物是强效镇痛药。迈扎特·迈克尔（Mizart Michael）医生虽身在美国风景俊秀的奥兰治海边，但心中充满着阿片的万古愁。他一直和患者们讨论，是否有其他镇痛方法替代阿片类药，结果很遗憾。

这种药物对术后镇痛确实有效，患者们不同意更换。预见到阿片类药物陷阱的迈克尔不肯服输，他翻阅大量资料，敏锐地发现了针灸。

中医针灸疗法安全，于镇痛方面也同样有效。以针灸替代阿片类药物，不失为一种可行的医疗方案。不过，难题随之让他愁眉苦脸，在整个联邦范围内针灸医生尚不是独立的职业，在加州就不容易找到从业者。

迈克尔医生的难题，被美国联邦劳动部解决了。2016年7月22日，其属下的劳动统计局公布2018年新标准职业分类，针灸医生享有一个独立的职业代码，即29-1291。

针灸火线上岗，想必有阿片类药物成瘾的动因。时任美国总统的特朗普，对此危机十分关切。2018年10月24日他签署"H.R.6法案"，或称"促进患者和社区阿片痊愈和治疗的药物使用——疾病预防法"。

这一项法律试图减少阿片类药物的供应，并扩大维护、治疗和痊愈服务及预防性治疗的机会来解决危机。消除阿片政策，是中医针灸的一段新际遇。

美国联邦法律首次承认（并非联邦立法）中医针灸。说到底，政府和医生都希望患者不再依赖阿片类药物，也能恢复健康。

迈克尔医生终于可以顺利尝试针灸，不再违心开镇痛药了。

H.R.6法案实施以后，变化是空前的。2020年美国医疗保健和医疗补助服务中心，将针灸治疗纳入慢性腰痛患者的支付范围。随之，白宫发布医学政策报告，充分肯定补充替代医学的医疗价值。

其中，"中国传统医学"被列入独立医学体系，不再只是"一种疗法"。这门古老的医学，在美国终于享受到它本该有的待遇。无论方法理论还是学术层面，中医都呈现渐进式柳暗花明。变化，也必将带动中医现代科研的创新奔跑。

得克萨斯州，"针"锋对决

刘青山

1987年赴美的刘青山，恰好赶上得克萨斯州（简称得州）中医界达成空前共识，欲成立协会。老前辈们被得州的规定逼急了，再不这样做，自身难保。起因是1984年，该州规定，所有针灸从业者要在西医的直接监管下开展业务。

法案对中医很不客气，甚至是强权性的。针管署在医管署之下，并未独立，导致了西医不必持中医执业牌照就可以进行针灸治疗，中医反倒不行。

刚开始，得州针灸医生打起游击，不得不"非法行医"，可逃避解决不了现状。中医大夫们认为以协会形式与政府交涉，博取合法地位和更宽松的行医条件，是他们必须要建立的一座码头。

美国的行业协会，货真价实代表行业利益，为其服务。它们通过运作，影响立法和相关政策制订，举足轻重。1973年，在众多中医锒铛入狱之时，黄天池等医师便成立了首个针灸医生职业团体——加州中医药针灸学会，与政府周旋。

后来出现的"全美中医公会"（AAAOM），其目的就是联合美国针灸医生力量，提高伦理与教育标准，促使中医成为一个管理良好的专业，保障公共安全。

1982年，国家针灸证书委员会（NCCA）与世人照面，它本是美国民间非营利考试机构，却越做越大。有些州直接采用它下发的证书，作为行医证明。

NCCA趁势成长，收容日本汉方医学和韩国针灸。因为医学疆域不只有中医，它便更名为"美国国家针灸及东方医学证书委员会"（NCCAOM）。如今，它拥有一套中医针灸执业认证体系，健全程度仅次于中国。

各类协会涌现江湖，唯得州没有组织可依。这种局面下，"得克萨斯州针灸及东方医学会"（TAAOM）正式成立。

TAAOM 自成立以来的运行状态，可以用"持续抗争"来形容。在保守的得克萨斯州，中医独立之路异常艰辛。直到 1993 年，这项任务才宣告完成，相距美国第一个中医法案（内华达州）设立，已过去 20 年。

尽管得州中医已然合法化，可还是有太多权宜之计的妥协。比如法案规定患者必须在一年之内看过西医，或有整脊医生 30 天内的推荐才能进行针灸治疗。林林总总的不平等条款，都需要医学会耐心解释。这就是刘青山的工作。

刘青山作为医学会秘书，针管署与医管署的路闭着眼睛他都能摸到。单是得州政府已经够不好对付了，2 年后，整脊协会又生他变。

"S.B 673 法案"写得很明白：整脊医生执业范围不包括以锋利针入皮或手术的过程。故而他们使用针灸治病属于违法。奈何针灸在得州大受欢迎，整脊协会眼红，对针灸下手。他们先在针灸定义上动手脚。

人都是按照自己的利益规划未来。1997 年，整脊协会企图将"S.B 361 法案"中的针灸定义，从"针灸针刺入皮肤"改为"不手术，不刺入性的针灸针"。刘青山知悉情况，代表 TAAOM 提出抗议。他坚决反对这种偷换概念的做法。

道理显而易见，可得州总检察长还是依据新的定义，判定针灸同样属于整脊医师执业范围。没过几年，得州整脊医生管署（TBCE）推出自己的针灸法规。

从结果往回看，整脊协会是有计划、有步骤、有野心地蚕食针灸的归属权，直至为他们所有。能轻易完成归属权的更迭，是因为整脊在医疗界的独立性高，而且他们有内应。得州众议院公共卫生委员会里遍布整脊医生。

政治向来藏污纳垢，规则更像是为普通人设立的。但规则毕竟是规则，如果规则不公平，那就要修正它。TAAOM 启动了长达 14 年的拉锯战。

这是 TAAOM 和 TBCE 的"针"锋对决。中医界清楚，倘若针灸被整脊医学抢走，以后再提及针灸，民众就只知"整脊"而不知"中医"。

行业夺嫡，夺的是文化属性。后人会埋怨今天中医的沉默和退让，"针灸"不是中医的，更将不再是中国的。因此，TAAOM 绝不退让。

7次提出修正针灸定义诉讼未果，TAAOM再上诉。2016年，法庭终于认定了前总检察长的释义，即整脊医生不可以仅凭借针灸的定义法规扩大自己的执业范围。TBCE不服气，提出要罢免此法规。

接下来，刘青山亲身经历了法庭上面红耳赤的辩论，激烈程度如同一场舌尖的战争。中医吃够了软弱的教训，他们据理力驳，不留余地。

次年，TAAOM和TBCE经过协商，暂停诉讼。双方认同之前的针灸法规，整脊医生现行自立的不作数。刘青山长舒一口气。

一口气，暗藏多年来的日夜操劳。事情就这么完结了？已升任TAAOM副会长的刘青山不确信。

果然不出他所料，整脊协会反悔了。

在关于"限制整脊医生在各公共信息平台做针灸广告"的问题上，整脊协会来了一招阴险操作，它们悄悄换掉同意协商的执行董事和总顾问，全然不认账；并狡辩称他们20多年的针灸治疗都很安全，没有道理废止。

摆出滚刀肉的架势，只因整脊协会心虚。他们本身缺少使用针灸的理由，还不想放弃巨大利益。否则也不必揪着篡改的"针灸定义",一味把针灸往自己行业里拽。整脊协会胡搅蛮缠,强词夺理,实在令刘青山头痛。

截至2018年,刘青山代表TAAOM,继续在申诉……

他们去美国学中医

W 先生

6 个月，W 先生等来了认证结果。这仿佛才是申请美国针灸医生执业考试的前奏。自从妻子被外派美国，小两口瞬息陷入两难境遇。

W 先生当然可以发誓说：你放心去吧，我等你。但誓言归感性统筹，理智上，他们深知长久分居生活的结果大概率是分手。他们不想。

于是，W 先生思量再三，做出身为男人的决定。他要随妻子出国。过去社会是夫唱妇随，如今他们反了过来，妇唱夫随。爱情可贵，W 先生不愿冒失去家庭的风险。

对于某省中医药大学研究生（全日制）的 W 先生，最直接的途径是获得中医针灸执照，赴美工作。他花费很多时间弄明白了针灸执业考试相关内容。

美国中医针灸医生资格考试制度和执业牌照颁发共有 3 种模式：加州中医针灸师执业考试；国家针灸师资格考试委员会（NCCA）举办的针灸师考试；美国针灸与东方医学资格审认证委员会（NCCAOM）中医针灸师考试。

传言，加利福尼亚州不承认 NCCAOM 的考试。但 W 先生听说 2019 年 1 月起，加州已经能够与 NCCAOM 的认证考试互换。但这和他没什么关系，爱人要去的是伊利诺伊州，故而申请 NCCAOM 考试最为稳妥。

似乎 W 先生获得针灸医生执业牌照不难，甚至得天独厚。他的学校位列美国针灸及东方医学教育审核委员会（ACAOM）承认的名单中。而他所学专业亦符合中医、针灸、中药、中西医结合 4 项范畴。

看似来万事俱备，征途却意想不到的曲折。W 先生先将自己的成绩单和学位证书拿到教育部认证，认证生效后他才将其发往美国。ACAOM 责成 international consultant of delaware 作为他们的认证机构，审核W先生提交的所有材料。

6个月，如6年一般漫长。爱人赴美的日子乃定数，倘若他这边出了什么差错，比翼双飞就要变成"我住长江头，君住长江尾"的戏码了。幸好，审核通过的消息如约而至，W先生可算松了口气。

在纠结考针灸执业牌照抑或中药执业牌照时，W先生听从论坛上岸老前辈的经验，他先把洁针技术考试（CNT）拿下。这项考试并不复杂，分笔试和操作，不涉及穴位。

CNT考试则可选择英语和非英语，不是每一个州都接受非英语成绩，W决定用英语作答，这样不会出问题。英语的底子助了他一臂之力。

随即，W先生在网上填写了NCCAOM考试申请，没想到选择再度降临。NCCAOM颁发的中医执业牌照有两种：针灸医生执业牌照和东方医学医生执业牌照。

两种执业牌照最大的区别在于考试内容。针灸医生要考生物医学、中医基础、针灸穴位3门；东方医学医生须加上一门中医药。

虽然有些州规定针灸医生本身就能使用中草药，如伊利诺伊州。但更多的州明确持东方医学执照才具备开药资格。成年人不做选择，W先生选择报考4门，誓拿东方医学执照。

国际航班降落，W先生踏上了美国传统制造业中心伊利诺伊州的土地。他和妻子相视一笑，他们知道这灿烂的笑容饱含了多少辛酸与波折。现实中，两个人最深情的承诺，是用尽全力奔往你的方向。

W先生也很感谢自己的导师。攥着东方医学执业牌照和找到工作并不画等号。在美国找工作不比国内容易，没有工作邀请函他走不了。天无绝人之路，他的学长出国多年，目前在美国合作开设大型针灸诊所。

同门之义。W先生收到了师兄的工作邀请，工作地点与妻子不在同一座城市，不过这已经是最好的结果了。

Z女士

美国历史上被公认的第一所正式针灸学校非"新英格兰针灸学校"莫属。1973年，它由苏天佑医生及其弟子们创办。学校是技艺或科目的筑基。社会人因热爱考入学校接受专门性教育，毕业后再次回归社会，作为所学领域的研究者、服务者、倡导者，完成学科闭环。

所谓热潮、崇尚、痴迷……都不是中医想要的样态。中医要在世界范围内汇集成一条河流。流水从不争先，贵在滔滔不绝。

只有教育，才能让中医后继有人。Z女士正申请美国中医院校的博士研究生。她这一滴水，即将融入滔滔不绝的河流之中。至于为何舍近求远，跑到美国学中医？她的答案很简单：我想体验另一种生活方式，再没有比考学读书更容易的了。

美国的中医教育兴盛于20世纪90年代。那时，哈佛大学、耶鲁大学、斯坦福大学及约翰斯·霍普金斯大学等医学院相继开设针灸课程。至2012年，美国联邦政府认可的开设中医针灸学校或针灸系的共56所，在校学生8475人，其中博士生435人。

Z女士想成为这435位博士之一，首先要过英语关。医生看病，要同患者深入沟通，所以对口语和听力的要求很高。托福口语不低于26分，听力不低于22分（分数截至2021年）。Z女士乃真学霸，闯关成功不在话下。

接下来的问题，是报什么样的学校？

目前美国中医药针灸教育大致分5种形式：针灸学院；西医学院里的针灸教育；西医师继续教育式的针灸课程；中医药针灸师继续教育课程和NIH针灸博士后项目。考虑鉴证的通过率，Z女士打算从非营利性中医学校里选择。

并不是非营利性学校就比营利性的教学水平高，而是非营利性学校容易申请签证。此后，就是留学生的常规操作——准备推荐信、个人陈述、估算自己的平均学分绩点（GPA）。

GPA是能否被录取的绝对因素。申请博士，GPA要求略高，有的达到3分。而美国大学和中国大学的GPA分值不同，中国大学为5分制，美国大学会责成中间机构将其换算为他们的4分制。

时间像一首唱不完的歌。收到了入学通知之前，Z还以为自己落榜了。机票握在手中，Z能实现愿望入学美国，要得益于1997年发生的变化。

1997年，美国公共卫生协会（APHA）和美国医学院协会（AAMC）相继设立替代医学特别工作小组，鼓励医学院学生学习替代医学知识。从此全美中医教育和科研组织茁壮生长，大小中医学校和科研机构如雨后春笋。

像一枚信号，美国主流社会调转船头，渐渐向中医靠拢。2010年有一则数据显示，92%的针灸院校设置了传统中医针灸理论课，远超其他流派针灸课程，可见针灸教育的普及程度。

不过这里要提一句，美国"传统中医针灸理论"不似那么"传统"，乃经过改造和重新编码，具有美国特色的中医理论。

世界有多少种地貌，河流就有多少种形状，但水的本质不会变。

中医于不同国度，与不同文化摩肩接踵，演化成了不同的形态。从骨子里喷涌而出的，依然是中华民族古老的关怀与慈悲。不会变。

陌生的国度，Z女士并不孤独，至少中医是熟悉的。坐在大学课堂上，她幻想着自己色彩缤纷的明天。

参考文献

[1] 毕敬."礼仪之争"背后的中西利益之争[J].哈尔滨学院学报，2016，37（4）：104-108.

[2] 汪田田，赵小妹，马晓婧."中学西传"背景下《中华帝国全志》对《本草纲目》的选译[J].重庆交通大学学报（社会科学版），2021，21（2）：115-120.

[3] 张明明.《中华帝国全志》成书历程试探[J].国际汉学，2015，(3)：92-98，202.

[4] 陈岩波，方芳，马育轩，等.20世纪前欧洲针灸的发展及特点研究[J].针灸临床杂志，2020，36（11）：74-78.

[5] 曹丽娟.1902年北京霍乱的中医应对[J].亚太传统医药，2011，7（11）：200-201.

[6] 朱清广，顾向晨.中医药在美国[M].上海：上海世界图书出版公司，2021.

[7] 王天芳.针灸在美国的多元化发展[M].北京：中国医药科技出版社，2016.

[8] 李永明.美国针灸热传奇[M].北京：人民卫生出版社，2011.

[9] 威廉·曼彻斯特.光荣与梦想[M].北京：中信出版社，2015.

[10] 乔治·帕克.下沉年代[M].上海：文汇出版社，2021.

[11] 陶飞亚.传教士中医观的变迁[J].历史研究，2010（5）：60-78，190.

[12] 李真.从文化的相遇到知识的传递——论18世纪晚期欧洲汉学名著《中国通典》对中医西传的贡献[J].国外社会科学，2022（2）：116-127，198-199.

[13] 王亚丽，陈雨菡.从中医西传看中西文化交流[J].中国中医基础医学杂志，2018，24（4）：477-478.

[14] 樊蓥.点燃美国"针灸之火"(一)——采访"华盛顿针灸中心"李耀武医师[J].中医药导报,2016,22(1):1-5,9.

[15] 樊蓥.点燃美国"针灸之火"(二)——采访"华盛顿针灸中心"李耀武医师[J].中医药导报,2016,22(2):1-5.

[16] 章百家.记忆与研究:尼克松访华与中美关系正常化[J].中共党史研究,2022(4):96-100.

[17] 刘其中.赖斯顿其人其事[J].中国记者,1996(6):65-66.

[18] 李永明.龙蛇大战——美国第一个中医法的诞生[J].小康,2009(1):90-93.

[19] 张宇,贾春华.论道符在古代中医史中的起源与发展[J].中医杂志,2019,60(23):2061-2063.

[20] 李海军.论早期《聊斋志异》英译中的伪翻译现象——以乔治·苏利耶·德·莫朗的译本为例[J].上海翻译,2014(1):49-52.

[21] 蔡英文.论中医的科学性[J].中医杂志,2018,59(12):991-996.

[22] 张群豪.美国补充与替代医学(CAM)现状[J].健康大视野,2006(7):31.

[23] 崔钰,冷文杰,李富武,等.美国各州中医针灸立法管理现状[J].中国医药导报,2020,17(11):157-160.

[24] 魏辉,巩昌镇,田海河,等.美国针灸立法之路(一)[J].中医药导报,2019,25(10):1-8.

[25] 魏辉,巩昌镇,田海河,等.美国针灸立法之路(二)[J].中医药导报,2019,25(11):1-9.

[26] 魏辉,巩昌镇,田海河,等.美国针灸立法之路(三)[J].中医药导报,2019,25(12):9-14,22.

[27] 刘明月.民国时期的中西医权势之争:中央国医馆研究[D].保定:河北大学,2017.

[28] 胡艳红.明清之际欧洲对于中国的地理认知——以杜赫德《中华帝国全志》为例[J].安徽文学(下半月),2018(6):156-157.

[29] 秉泽.尼克松访华前的秘密外交往事(上)[J].保密工作,2018(8):57-59.

[30] 秉泽.尼克松访华前的秘密外交往事(下)[J].保密工作,2018(9):56-58.

[31] 吴义雄.十九世纪前期西人对中国上古史的研讨与认识[J].历史研究,2018(4):55-74,189.

[32] 冯诗婉.针灸医学在美国的历史与现状及前景[D].南京：南京中医药大学，2003.

[33] 石慧，张宗明.针灸在美国本土化的历程、特色与成因探究[J].自然辩证法研究，2022，38（1）：104-110.

[34] 金达洙.针灸在美国的历史现状研究及其前景展望[D].南京：南京中医药大学，2011.

[35] 苏敏，杨金生.针灸在美国的立法进程及现状研究[J].世界中医药，2013，8（2）：221-224.

[36] 杨渝.针灸在美国发展的历程及对海外中医发展的影响[J].中医药文化，2017，12（1）：36-41.

[37] 潘玉田，陈永刚.中国文献在欧洲的早期传播与影响[J].固原师专学报，1996（4）：81-84.

[38] 傅颐.中美会谈和中国进入联合国的一段往事——从1971年赖斯顿的北京之行说起[J].百年潮，2003（11）：12-18.

[39] 李华安.中医起源多元论[J].山东中医学院学报，1991（5）：47-52.

[40] 贺霆.中医西传的源头——法国针灸之父苏里耶[J].云南中医学院学报，2013，36（2）：81-83.

[41] 林声喜.中医针灸在美国第一个州立法经过[J].中国针灸，2001（8）：11-13.

[42] Warcup, Amy E. The history of Chinese medicine in the United States from 1971 to the present[D]. New York: State University of New York Empire State College, 2007.

[43] Charles Fox. The 300 needles of Dr.Lau[J].Playboy, 1974: 80-82, 164.

[44] Linda L Barnes. The Acupuncture Wars: The Professionalizing of American Acupuncture-A View from Massachusetts[J].Medical Anthropology, 2003, 22（3）: 261-301.

[45] Rothfeld, G. Focus on Scope of Practice: An MD's Perspective[J]. In Acupuncture Society of Massachusetts Newsletter, 1996（8）: 5-6.

[46] Wolpe, P. The Maintenance of Professional Authority: Acupuncture and the American Physician[J]. Social Problems, 1985（2）: 410–424.

[47] Golby, M., A. Hopper. Developing a Profession: The Case of Acupuncture[J].European Journal of Oriental Medicine, 1999, 2（6）: 41-47.

后　记
身居高地，南北东西皆是道路

那位踩着霍乱节拍走进北京城的乔治·苏里耶·德·莫朗，想必心中无限忧虑。大清朝庚子国变，杀伐戾气，游魂一般不肯弥散，霍乱又乘虚肆意。战争与疾病轮番折腾，百姓不得不承受时代之重。

在德·莫朗看来，当时更可怕的是北京城没有公共卫生条件。他的预测很悲观，大约接下来的剧情会向极为恐怖的方向推进。清政府倒也颁布了应对霍乱的措施，官方于内、外城设立了4处医局。百姓看病抓药由政府承担。不过官医局形同门诊，并没有住院业务。

德·莫朗不知清政府如此草率的策略，能否抵御汹汹霍乱。

然而，中医打消了他的悲观念头。病情最终得以控制，霍乱暂时退避。德·莫朗感到不可思议。这份不可思议，对于中国人，却是平常事。

历史卷宗厚重,中医的热搜榜太多,我暂且不累叠故纸。单从当代临床举例,"非典""甲流""埃博拉""新冠"等世界性传染病的治疗手册内,皆写有中医方案。

人们总是愿意看到自己相信的事物,并将其称为真理,却忽略了真理不只有一种标准答案。

本书侧重呈现美国首部针灸相关中医法立法的过程。中医一树生数枝,延伸出药物、汤液和针灸等疗法。针灸形成于黄河文明区域,后渐渐与阴阳五行和儒家思潮合流。

针灸发端于临床经验,慢慢总结成理论。晋代医学家皇甫谧的《针灸甲乙经》可谓第一部针灸专著,隋唐时位列专科;宋代王惟一的《铜人腧穴针灸图经》和"针灸铜人面具",使腧穴坐标清晰可见,经络循行系统不再靠空想。16世纪,西班牙奥斯汀会士的马丁·德·拉达翻译《徐氏针灸》,成为最早介绍针灸术的欧洲人。

针灸漂洋过海,传至西方,几经沉浮,才有了后来的故事。所谓龙蛇较量,引发硝烟战火的是针灸,在西方掀起热潮的也是针灸。敦促西方慢慢以中医心态对待中医的，还是针灸。

在本书写作过程中，我最深刻的感受是：远在他乡的中医，无论西方承认与否，这些都是内容之下附赠的形式。中医的理念远比中医立法等广阔，更比行医执照、纳入保险、成为替代医学等形式广阔。"龙蛇争锋"几个世纪，激烈且热闹，其中悲情亦发动了中医的引擎。似乎西方人拼命拒绝中医，是为了越来越靠近中医。因为中医的本质无可非议。

漫长的时光已经给出答案，中医始终身居高地，南北东西都是它的方向。它与西医皆归属于全人类，又何来所谓争端呢？

争端，只在人心向度。

王冠一
于北京

说明：封面图片源自《Playboy》杂志 1974 年刊登的文章《The 300 Needles of Dr.Lau》中的配图